언젠가

새춥던

봄날

언젠가 새 춥던 봄날

박선미

자분자분, 밀양 어느 댁 양념딸 이야기

상추쌈

차례

오래전 그 낯 수건

날씨가 추워지면 아침에 일어나는 게 정말 싫다. 잠이 깨어 이불을 머리끝까지 끌어 올리고 뭉개고 있으면 밖에서 엄마 아버지랑 고모가 두런두런하는 소리가 들린다.

"일마들이 안즉 자나?"

"자기는, 벌써 깨서 똥구멍으로 숨 쉬고 있을 끼다. 어서 나오라 캐라."

"너거들 안 나오면 뜨신 물 다 쓴데이. 찬물에 씻어도 되나?"

그래도 나하고 동생은 이불 속으로 파고들어 버틸 때까지 버틴다. 마당을 싹싹 쓸어 대는 소리, 쇠죽솥에 불 때는 소리, 엄마가 부엌으로 마당으로 또 바깥부엌으로 왔다 갔다 하는 소리를 듣고도 자는 척하는 것이다. 문을 열고 나가면 옷 속을 파고드는 썽그런 찬바람도 견디기 힘들지만 그때부터 이것저것 잔심부름을 해야 하니 어쨌든 게으름을 피울 수 있을 때까지 피워 보는 거다. 그런데 끝까지 그렇게 뭉개고 있도록 두질 않지. 마침내 엄마가 방문을 열어젖힌다.

"아아 안 일나나? 해가 하늘 똥구멍을 찌르거마는."

"아아아이 엄마. 쪼꼼만 더."

"쪼꼼만 더는. 어서 안 나오나?"

두 번째는 엄마 목소리가 조금 더 가늘고 뾰족해진다.

"아아아아 추버서어. 쪼꼼만 더어."

"그래. 춥재? 저 건니에 깐채이가 시 마리나 얼어 죽었더라."

"참말로?"

"그래. 나가 봐라. 인자 두어 마리 더 얼어 죽었을 끼다."

늘 속으면서 우린 또 그 말에 일어나 밖으로 나온다. 하긴 속지 않았다 해도 그때까지 더 늘쩡거리다간 시끄러운 소릴 들어야 되니 그맘때쯤이면 알아서 나오는 것이다.

온몸을 웅크린 채 턱을 달달거리며 마당에 내려선다. 싹싹 쓸어서 대빗자루 자국이 그대로 남아 있는 마알간 마당이며, 감나무 끝에 대롱대롱 걸려 있는 쪼그라진 홍시 두어 개, 그 너머로 보이는 새파란 하늘 탓인가. 더 으스스 춥다.

아궁이 앞을 쓸어 넣고 계시던 아버지가 쇠죽솥에서 세숫대야를 꺼내 주신다. 김이 무럭무럭 나는 뜨거운 물이다. 겨울을 날 때까지 그렇게 아침마다 쇠죽솥에다 물을 데워 주셨다. 이 더운물도 오빠들이 모두 다 와 있는 방학에는 우리한테까지 차례가 오지도 않는다. 그래서 식구들이 많을 때는 "뜨신 물 없다이." 하면 얼른 뛰쳐나와야 한다.

막내랑 둘이서 세수간에 쪼그리고 앉는다. 바가지로 더운물을 조금만 떠내어 찬물을 타 낯을 씻고 손도 씻는다. 우예 그래 손이 트던지. 조금만 안 씻으면 손등이 갈라지고 피가 맺혔다. 쇠죽솥에서 쌀겨가 조금 낫게 묻은 여물을 퍼 와서 때를 벗긴다. 쌀겨 묻은 뜨뜻한 여물로 문지르면 손등이 한결 보드라워졌다. 따뜻한 물로 낯을 씻는데도 입에서는 김이 호오호 나온다.

"뜨신 물 쏟아붓지 말고 거다 걸레도 빨아래이."

아침마다 늘 하는 일이지만 엄마는 아직도 못 미더운 거다. 부엌에서 내다보지도 않고 또 이른다.

막내가 씻은 물이랑 내가 씻은 물을 다 보태도 걸레가 잠길 동 말 동이다. 뻐덩뻐덩 언 걸레를 겨우 빨아서 가져가면 이번에는 고모가 그저 넘어가지 않지.

"아이구, 물을 꼭 짜야 마루가 안 얼지. 봐라. 이래 물이 많으면 마루가 언다 아이가. 바로 얼음이 되는데."

'치이, 그라믄 고모가 해 주지.'

걸레를 고모한테 건네주고 기둥에 걸어 놓은 낯 수건을 떼어 낸다. 이불을 걷어차고 나올 때보다 더 멈칫거려질 때가 이때다. 아버지부터 시작해서 온 식구들이 닦아서 물기가 축축한 걸 기둥에 걸어 두었으니 이 낯 수건이 뻐덩뻐덩하게 얼어 있는 것이다.

'아이고오오오.'

빨랫줄에 널어 말리는 동태같이 차갑고 뻣뻣한 걸 얼굴에 갖다 대려면 잠깐 별러야 된다. 그 차가움. 맨날 닦는 거지만 선뜻 얼굴로 가져다 대지 못한다.

'으흐흐흐흐.'

수건을 대면 저절로 이가 앙다물리고 몸이 움찔 떨린다. 얼굴을 두어 번 문지르고 나면 그제야 수건이 조금 녹녹해진다.

이번엔 뻣뻣하게 언 머리카락을 감싸서 닦는다. 얼음 부스러기가 하얗게 흩어져 내린다. 옷자락에 흩어져 내린 얼음 부스러기를 수건으로 툭툭 털어 내고 다시 얼굴을 한 번 더 감쌌다가 녹녹해진 수건을 막내한테 건넨다.

"자, 아나. 인자 쫌 괜찮을 끼다."

딴에는 누나 노릇 잘한답시고 그렇게 녹녹해진 걸 건네주는 것이다. 동생은 그것도 모르고 "꼭 누부야만 먼저 한다."고 입을 쑥 내밀고 툴툴거리지.

얼어서 뻣뻣한 낯 수건. 그게 꼭 얼어서 뻣뻣했던 것만은 아니다. 요즘같이 보드라운 수건이 아주 귀할 때다. 흰 광목을 잘라서 엄마가 뺑 둘러 박아서 만든 수건이니 얼지 않더라도 보드라울 수가 없지. 오래 쓰다 보면 좀 닳아지고, 그러면 한결 쓰기가 좋았다. 그런데 그것도 잠깐. 더 낡으면 허연 가루가 얼굴이랑 머리카락에 묻어나서 그걸로 닦고 나면 한참을 털어

내야 한다.

그런 광목 낯 수건을 쓰다가 '타올'이라는 것이 띄엄띄엄 보이기 시작했다. 큰 잔치를 하면 그 타올이라는 것으로 인사하는 집이 생겨났다. 어느 집에서는 어르신 회갑 잔치 기념으로 만들어 돌리기도 하고. 학교에서도 운동회나 스승의날 기념으로 선생님들한테 하나씩 돌렸다. 그래서 아버지도 가끔 그 좋은 타올을 한 장씩 들고 오셨다.

참 좋았다. 얼굴에 대면 어째 그래 보드랍고 포근한지. 무슨 무슨 기념이라고 글자를 찍어서 어질어질 매슥한 기름 냄새가 났는데, 그것마저도 기분이 좋았다. 한참 동안 얼굴을 푹 파묻고 코를 흠흠거리기도 하고 목에 척 둘러 보기도 했다. 빛깔도 고왔다. 대나무나 꽃을 멋지게 그려 놓은 것도, 호랑이가 그려진 것도 있었다.

'아아, 이거는 겨울에 낯 닦으면 진짜 좋겠다.'

그런데 엄마는 그걸 내놓고 쓰지 않았다. 새것이 생길 때마다 차곡차곡 개어서 장롱 안에다 넣어 버렸다.

그렇게 넣어 둔 타올은 아주 귀한 손님이 오셨을 때만 내놓으셨다. 외삼촌이 오셨을 때도 그렇게 귀하게 모아 두었던 타올 한 장을 세숫물 옆에 살며시 갖다 놓았다. 아버지 친구분이 오셨을 때도 엄마는 아랫방으로 타올을 보내셨다. 그럴 때는 꼭 내가 들고 나갔다. 바깥마당에서 세수를 하고 들어오시면 그때까지 사랑방 앞에서 기다렸다. 타올을 세골접이로 개어서 이 손바닥 저 손바닥에 올려 가며 톡톡 두드려 보기도 하고 내 얼굴에 살짝 대 보기도 하면서. 얼굴에 묻은 물을 훔치면서 손님이 들어오시면 얼른 타올을 건네드리고 뛰어 들어왔다. 그러면서 물기 묻은 얼굴에 타올을 갖다 대는 걸 꼭 뒤돌아보곤 했다. 학교 선생님들이 집에 못 가시고 어쩌다 우리 집에서 주무셨을 때, 고모부가 오셨을 때도 그 타올을 꺼내 놓으셨다. 그렇지만 우리는 언제나 똑같이 엄마가 만든 광목 낯 수건을 썼다. 물기도 잘 가시지 않는 걸 그 뒤로도 오랫동안 써야만 했다.

그렇게 아껴 모은 타올을 엄마가 모두 내놓으셨다. 시집가서 짐 보따리를 푸는데 그 타올 보따리가 나온 것이다. 얼마나 오랫동안 안 쓰고 모았던지 차곡차곡 개어 놓은 모서리 색깔이 다 바랬다. 모아 둔 것 중에 깨끗하고 좋은 것만 싸서 시집가는 딸한테 넣어 줬을 테지. 울컥 무엇이 치밀어 올랐다.

하나씩 펼쳐 본다. 천구백칠십 몇 년이라 찍힌 것도 있다. 십년도 더 된 것들이다. 누구 결혼 기념, 회갑 기념, 가을 대운동회 기념, 스승의날 기념, 누구누구 천도대제, 무슨 친목회 야유회 기념, 무슨 체육대회 기념, 신입생 환영 등반대회, 무슨 상량 기념, 무슨 준공식 기념……, 가지가지 많기도 하다.

지금은 흔하고 흔한 것이 타올이다. 그런데도 난 그 타올을 함부로 쓰지 못한다. 어디서 기념 타올을 주면 아주 귀하게 챙겨 와서 엄마처럼 차곡차곡 개어 둔다. 나중에야 쓰긴 하지만 그걸 가져와서 바로 쓰질 못하는 것이다. 아직도 내 시집올 때 엄마가 아끼고 아껴 넣어 준 타올 두 장이 우리 옷장 속에 들어 있다. 엄마가 그렇게 귀하게 모아 준 걸 다 써 버릴 수가 없어서.

요즘 타올들은 그때 것들보다 훨씬 세련되고 고급스럽다. 색깔도 은은한 것이 눈에 거슬리지 않는다. 어쩌다 그림이 있어도 그때처럼 요란하지도 않고 촌스럽지도 않다.

그렇지만 지금 내가 진짜 옷장 속에 넣어 두고 한 번씩 꺼내 봤으면 하는 것이 있다. 엄마가 삥 돌려 박아서 만든 광목 낯수건. 네 귀퉁이 중 한 곳에 'SWEET HOME'이라고 수를 놓은 것이면 더 좋겠다. 언젠가 "엄마 이기 뭔지 알아요?" 했더니 "내가 우예 아노. 수예점에서 그래 그려 줘서 따라서 수를 놓았지 뭐." 하셨지.

엄마가 시집오기 전에 수까지 놓아서 만들어 온 그 낯 수건 한 장. 그걸 나는 꼭 하나 가지고 싶은 것이다.

엄마가 그랬는데.

"어데 들어 있을 꺼다. 내 손으로 안 내삐맀으이 어데 있어도 있지."

초동 할매와 안새미

몇 살 때부터 집안일을 거들었을까? 꼭 집어 몇 살 때부터라고 말하기는 어렵지만 아주 어렸을 때부터 집안일을 돕기 시작했던 것 같다. 무르팍이 바알갛게 되도록 마루를 기어 다니며 걸레질을 하거나, 아궁이에 불을 때는 일부터 거들었다. 고모랑 엄마가 어둑어둑할 때까지 밭을 매고 와서 마루에 한 번 앉을 틈도 없이 또 저녁 하러 바쁘게 부엌으로 들어가면 어린 우리도 가만히 보고 있을 수는 없었다.

엄마나 고모를 따라 빨래터에 가서 양말 짝을 얻어 조물거리고 놀다가 국민학교 이삼 학년 때부터는 걸레며 얇은 옷가지 같은 작은 빨래는 내 차지가 되었다. 그래, 여남은 살 무렵부터는 제법 혼자서 빨래를 하러 다녔지. 가끔 어른들이 일하고 벗어 놓은 흙투성이 바지를 들고 가 방망이질을 탕탕 해 댈 때는 나도 엄마나 고모처럼 어른이 된 것 같아 기분이 좋아지곤 했다. 물론 막내 고모가 다시 물을 꼭 짜서 널거나 한 번 더 헹구어 널기는 했지만.

그때 엄마나 고모가 빨랫감을 비틀어 짜면서 꼭 하던 한마디.

"빨래에 물을 꼭 짜야 살면서 눈물 흘릴 일이 없다 카더라."

그 말이 무슨 말인지 잘 모르면서도 어쨌든 그러려고 애를 썼다. 그런데 어른들 바지나 웃옷은 여남은 살밖에 안 되는 여자아이 손에는 너무 컸다. 두 손에 쥐기도 어려운데 물기를 꼭 짜는 게 쉬운 일이 아니다. 손에 쏙 들어오게 잡혀야 말이지. 더구나 물을 잔뜩 먹은 군복 바지는 뻐덩뻐덩한 것이 손에 쥐기가 더 어려웠다. 어디서들 구했는지 남자 일 바지로는 모두 군복 바지를 입을 때였다. 검정 물을 들여서 입기도 했다.

빨래를 다 하고 나면 함께 빨래하던 동무랑 바지 끝을 마주 잡고 빙빙 비틀어 돌려서 물을 짰다. 바지가 뱅뱅 꼬이면서 물이 주루룩 짜졌다. 다시 바지를 탈탈 털고 또 몇 번을 돌려서 뱅뱅 꼬인 빨랫감을 잡아당기면 물은 어데서 그래 자꾸 나오던지.

나중에는 빨래 끝을 잡은 채 온몸을 한 바퀴 돈다. 그때, 빨래를 잡고 배앵 돌면서 거꾸로 올려다본 하늘은 참 파랬다. 함께 잡아 줄 동무가 없는 날은 대야를 엎어 빨래를 얹어 놓고 꾹꾹 눌러서 물을 짜냈다. 차암, 그렇게 애를 써서 물을 짜냈건만 엄마가 비틀어 짜면 물은 어디서 그렇게 나와 주루룩 흘러내리던지.

그렇게 어설픈 빨래 말고도 우리같이 어린 여자아이들이 하던 큰일이 있었다.

날이 가문 여름이면 여남은 살 되는 여자아이들은 학교 갔다 오던 길로 해거름이 될 때까지 새밋가에 붙어 물을 길어 올렸다. 물이 찰름찰름 고여 있을 때야 바가지가 폭 잠기니 한 번에 한 바가지를 퍼 올리겠지. 그런데 여남은 개나 되는 두레박이 줄줄이 내려가 물을 따라 올리니 바닥에 물이 고일 틈이 없다. 바닥에 쩰쩰거리고 나오는 물을 긁어 올리는 것도 보통 일이 아니었다.

그렇게 쩰쩰 나는 물을 싹싹 퍼 올리자니 흔들거리며 내려가는 두레박도 잘 다뤄야 했다. 줄을 조금 느슨하게 내려서 한 번에 힘껏 잡아채었다가, 또 반대쪽으로 획 끌어당겨 바가지를 눕힌다. 한쪽으로 쉬 기울라고 어느 집은 바가지 한쪽에다 무거운 돌멩이를 달기도 하고, 어떤 집은 못 쓰는 커다란 자물통을 달아맸다. 물동이에 반쯤 채우는 데도 스무남은 번도 넘게 따라 올려야 된다. 일 바쁜 어른들이 그 짓을 하고 있을 수는 없으니 그런 일은 다 조그만 여자아이들 차지였다.

이렇게 어렵게 따라 올린 물을 집에까지 이고 가는 것도 큰 일이었다. 힘들게 퍼 올린 물을 한 방울이라도 흘릴 수는 없지. 물동이를 겨우 끄응 들어서 새밋전에 올리는데 물은 벌써 한 바가지나 앞으로 쏟아져 앞가슴이 다 젖어 버린다. 이번에는 머리에 따배기를 올려서 뒤로 넘어가지 않게 끈을 내려 입에 물고는 물동이를 힘껏 들어올려 머리에 인다. 아뿔싸, 이번에도 한 바가지나 뒤로 출렁 쏟아진다. 집에까지 가면서 앞으로 끄덕 뒤로 끄덕. 그럴 때마다 물은 출렁출렁 넘쳐 쉴 새 없이 얼굴을 타고 내린다. 출렁거리지 말라고 바가지를 하나 엎어 놓아도 별 소용이 없다.

한 손으로는 물동이를 꼭 잡고 한 손으로 얼굴에 흘러내리는 물을 훔쳐 내며 겨우 눈을 뜨고 걸음을 떼 놓는다. 그러다 골목 저쪽에서 누가 황소라도 몰고 나타나거나 짐을 잔뜩 실은 수레라도 끌고 오면 정말 큰일이었다. 끄덕거리는 물동이를 이기지도 못하는데 길 옆으로 비켜서는 것이 쉽지가 않다. 도랑가로 붙어 서려다가 물동이가 출렁하는 바람에 그대로 도랑에 빠지기도 하고, 담 옆으로 비켜서다가 담장에 푹 처박는 바람에 물동이에 흙덩이가 풍덩 빠지기도 하는 것이다.

아무도 없는 집에 들어가 혼자서 물더무에 내려붓는 일도 어렵긴 마찬가지다. 무릎을 구부리고 쪼그려 앉으면서 물더무 위에 사알 내려놓는데 또 한 번 앞으로 끄덕했다가는 정지 바닥에 아까운 물을 다 쏟아 버린다. 정말 이때는 숨까지 멈추고 내려놓는다. 물더무에 올렸던 동이를 끌어안고 조심조심 물을 따라 부을 때는 처음 퍼 올렸을 때보다 반 치나 줄어 있다.

그렇게 얼마나 더 날라야 크나큰 물더무가 가득 찼더라? 그래도 엄마가 밭에서 돌아오시기 전에 물더무를 가득 채워 놓은 날은 또 얼마나 뿌듯했던지. 괜히 엄마가 빨리 오기를 기다리고, 엄마가 오시면 정짓간부터 와서 물더무 먼저 보아 주기를 기다리고 그랬지. 옷이 젖어도, 고개를 삐걱해서 좀 아파도 괜찮았다. "아이구, 물더무 물이 한거 찼네." 이 한마디만 들어도 그날은 저녁 내내 기분이 좋았다. 물이 귀하던 여름 내내 우리는 오후만 되면 그렇게 안새미에 붙어살다시피 했다.

안새미. 우리 동네 한가운데 들어앉아 온 동네가 나눠 먹던 새미다. 통새미나 골새미도 있었지만 먹는 물로는 안새미 물이 젤이었다. 냉장고가 귀하던 그때, 이 안새미 물을 한 바가지 퍼다가 장물을 조금 풀고 초 몇 방울 떨어뜨리고, 오이 송송 썰어 넣고 마늘 하나, 매운 고추 하나 잘게 다져 넣으면 바로 오이냉국이 되었다. 미역을 불려서 띄우면 미역냉국이 되었다. 무더운 여름날 밭에서 일하고 온 어른들은 냉국에 보리밥 한 그릇 말아서 후루룩 마시면 그것보다 맛난 것이 없다 했다. 금방 퍼 올린 물에 보리밥 한 덩이 떼어 넣고 말아서 풋고추를 된장에 푹 찍어 맛나게 먹는 것도 다 이 안새미의 시원한 물 덕이었다.

그런데 얼마 전에 친정엘 갔더니 이 안새미가 두꺼운 나무

판자로 꽉 덮여 있었다. 큰 자물통까지 채워 놓았다. 무겁게 내리누르고 있는 뚜껑과 커다란 자물통을 보니 나까지 무엇엔가 꽉 내리눌리는 것만 같다. 아무 말도 더 못 하고 옆을 살피는데 커다랗게 뭐라 뭐라 써 붙여 놓았다.

〈이 우물은 질산은이 과다 검출되어 식수로 사용할 수 없으므로 ○○년 ○월 ○일부터 폐쇄합니다. — 밀양 시장〉

닫힌 지 얼마나 되었던지 자물통은 녹이 나서 엉겨 붙었다.

"엄마, 안새미가 우예 저래 됐습니꺼?"

"……."

"저래 된 안새미를 보이 초동 할매 생각이 나네예. 그 할매가 쩌렁쩌렁하이 욕을 해 쌀 때는, 그때는 물도 참 좋았는데."

"그래, 그 마느래가 지금도 그래 싸면 저 물이 저래 안 됐을란강?"

"……."

"그란데 요새 젊은 사람들이 그런 욕을 들을라 카나. 저거 부모한테서도 싫은 소리 들으면 싸우자고 드는 시상인데."

"하기는 뭐어. 옛날맨치로 동네 어른한테서 욕 듣는 것도 오래된 것 같네예."

"너거 할매가 만날 안 카시더나. 집안에 어른 소리가 나고, 글 읽는 소리가 나고, 얼라 우는 소리가 나야 '되는 집'이라고. 동네도 다 똑같은 기라. 머라 카는 어른이 있어야 동네가 산다."

꽉 닫힌 안새밋가를 돌아 나오는데, 새밋가 방울나무 아래서 담뱃대를 물고 앉아 새파랗게 질릴 듯이 퍼부어 대던 초동 할매의 욕이 들리는 것 같다.

"아아 이년들아. 보오쌀 씻다가 부수깽이 새잎사구 나겠다. 쌔기쌔기 가서 밥이나 안쳐라."

"초동띠기 왔데이. 어여 가자. 어여 해라 어여."

사구에 보리쌀을 놓고 문대며 재잘거리던 우리는 이렇게 초동 할매 목소리만 들리면 마음이고 손이고 다 바빴다. 또 언제 무슨 일로 야단을 들을지 모른다. 씻던 보리쌀을 얼른 헹구고 일어서는 것이 젤이다. 물을 한 두레박 퍼 올려서 보리쌀 사구에 주루룩 붓는다. 아이구 마음이 급하니 물이 밖으로 반 치나 넘치고 보리쌀도 한 줌이나 넘쳐흐른다. 어느새 할매한테 들켰다.

"저어, 저 보래미. 이 쌈들아. 여어 보오쌀 좀 봐라. 엽렵치 못하구로."

"이래 허어옇기 흘리 놓고 새씰이나 늘어놓고 앉았다. 아이 구 이 쌈들아. 보리 숭년 때 겉으면 여남은 식구 죽을 끓이겠 다."

손바닥으로 새밋가 바닥을 싹싹 쓸어 보리쌀을 모아 담아 주면서도 할매 입은 가만있지 않았다.

"아이구 이년들. 시집가서 아아가 서넛은 될 나이들이구마 는. 보오쌀 한 쫑구래이 들고 나와서 온 삽짝거리를 시끄럽 게 새씰이나 해 쌓고."

"껌껌할 때 또 불 써 놓고 밥 묵을 끼가? 해 있을 때 밥 묵고 설거지하고 들앉을 끼지."

"너거 오매들, 어더블 때꺼정 일하고 들어올 낀데. 밥이나 어 여 해 놓고 기두릴 끼지. 그래 새씰하다가 어느 세월에 밥하 겠노? 어여 안 들어가나?"

오래 있어 봐야 욕쟁이 할매한테 좋은 소리를 들을 리가 없 다. 아이들은 하나둘 자리를 뜨고 새댁들만 서넛이 눈치를 보 며 보리쌀을 마저 씻고 있다. 어른이 뭐라 하는데 차마 냉큼 일어서지를 못해서.

"나는 저 아래 통새미 가서 김칫거리부터 씻고 오께."

덕선이 새언니가 보리쌀 그릇을 옆에 놓고 김칫거리를 끌어당기며 슬그머니 일어선다.

"아아, 나도 행주 삶아 놓은 거부터 빨아 와야겠다."

숙자네 숙모도 초동 할매 눈치를 살피며 따라 일어서니 새밋가에는 이제 우리 꼬맹이들 두엇에 새댁 두엇이 남았다.

초동 할매는 그때까지 새밋가를 치우면서 욕을 끓여 퍼붓는다. 누가 듣는지 마는지 그건 맘에도 없다. 지나가는 동네 사람들 다 들으라는 듯도 하다. 욕은 점점 더 거칠어지고 입가에는 허옇게 거품까지 인다. 지나가는 사람만 들어서 될 게 아니라 고샅고샅 집 안에 있는 사람들까지 다 들어야 성이 차겠다는 건지. 수챗가에 내려가서 쓰다 버린 걸레 조각을 하나 주워 올린다.

"에이 쌔 빠질 년들. 이런 거는 저어 저 통새미 가서 빨아라꼬 그래 씨부리도 안 된다."

"에이 망할 년들. 이기 바리 지 아가리로 들어갈 줄도 모리고."

수챗가가 더러우면 더러울수록 초동 할매 욕도 심해진다. 손도 더욱 빨라진다. 할매는 쉴 새 없이 어느 집 행주 조각, 걸레, 떨어진 신발 한 짝, 비료 포대 조각, 밥알, 무 쪼가리, 배추 시래기를 길가로 던져 올리면서 욕을 퍼부어 댄다.

"지 집구석만 얼음겉이 칼쿨키 한다꼬? 지 눈 지가 쑤시는 기재."

"서방 등골 빼 묵을 년들. 이런 거는 집으면 얼매든지 더 입겠구마는."

"이 쌈들아. 여어 쫌 봐라. 이기 다 더러버서 생기는 물건들 아이가."

할매가 가리키는 걸 보니 바알간 실지렁이가 바글바글하다.

이쯤이면 할매 욕은 우리 아이들은 입으로 옮기지도 못할 만큼 걸어진다. 그러면 지나가던 젊은 아재들도 실실 웃기만 하지 대꾸 한마디 못 하고 빠른 걸음으로 지나가 버리고, 두엇 남아 있던 새댁들은 다 씻지도 못한 보리쌀을 이고 일어선다.

집에 들어와 있어도 할매가 퍼붓는 욕은 끝이 날 줄을 모른다. 마침 점잖은 양덕 할배가 "허엄 흠." 하고 지나가시든가, 병주 아버지가 "와 또 동네 시끄럽게 그래 쌓소?" 하고 한 소리

해야 겨우 잦아든다. 그제서야 온 동네가 잠잠해진다.

우리 동네 종수 아재

종수 아재. 어릴 때부터 우리 동네서 같이 살았던 아잰데 어릴 때는 길에서 만나면 그냥 인사나 하고 지나치던 분이다. 젊은 부부만 사는 댁이라 놀러 갈 일도 없고, 할머니 할아버지가 안 계셔서 제삿밥을 이고 심부름 갈 일도 없었으니까. 동네에서 특별히 눈에 띄거나 사람들 입에 오르내리는 일도 없이 묵묵한 분이셨지.

어느 해 엄마 생신이었다. 아침상을 차려 놓고 엄마가 들어

오기만 기다리는데 마당에 있는 엄마가 들어오시질 않는다. 무얼 하시나 싶어 나갔더니 글쎄, 엄마는 아예 대문 밖에 떨어진 종이 상자를 깔고 처억 앉아 있는 거라. 옆에 앉은 분하고 두런두런 무슨 얘기를 하시는지 내가 나가도 모르고 그냥 얘기만 하시네.

"아이구 새실 양반도, 넘들이 뭔 소용이 있능교?"

"그래도 인자 나이를 묵으니 넘들 말도 자꾸 귀에 들어오고, 딸아아들 치울 때가 되니 넘 눈도 자꾸 생각키우고 그렇습니더."

"그래 말하는 그 사람들이 못났지. 내사 새실 양반이 높이 비더라."

"참산 마느래나 그래 카지 아무도 그래 생각 안 합니더."

"요새 젊은 사람들 자존심 이야기 잘하데. 고물쟁이라고 넘 낮차 보는 그 사람들이 자존심이 있는 기 아이고, 내사 넘한테 손 안 벌리고 지 힘으로 이래 떳떳이 사는 새실 양반이 자존심 있는 거라고 생각한다. 뭣도 없으면서 체면치레하는 거 그거 아무짝에도 쓸데없는 기라."

"저도 그래 생각했는데예. 인자 나 묵어가 술자리서, 고물쟁이 니는 저어 저 떨어져 앉아라 카는 것도 웃으면서 안 들어지고 그렇습니더."

"그 사람들도 차암."

"딸래미 치알 때 고물쟁이 딸이라 칼까 봐 그기 젤 맘이 쓰입니더."

"그래도 그 고물이 저거들을 이래 참하기 키워 준 거나 마찬가진데."

"맞습니더. 지가 손바닥만 한 땅이라도 어데 지 땅이 한 뙈기 있었습니꺼. 온 들에 고물 주우다가 저래 모다 놓고 학교 돈 가져가야 된다 카면 한 차 실어다가 돈 바까 오고, 옷 산다 카면 또 한 차 싣고 가지예, 병원 간다 카면 또 싣고 가면 되지예. 이날꺼정 돈 한 푼 나올 데 없는 우리 형편에 저 고물이 우리 식구들 안 살렸습니꺼."

"그래, 아아들도 그걸 알 끼라. 그거 알면 저거 아버지 고물쟁이라고 부끄럽다 안 카구메."

"아아들이 그라는 기 아이고, 지 마음이 그렇습니더. 시집에서 친정이 고물 하는 집이라고 아아들 업수이볼까 싶어서."

"부모 마음이 와 안 그렇겠능교? 그래도 아아들 참하게 키워 놨는데 어데서 그런 말 할 끼고? 괜찮구메."

"이날꺼정 친구들이 아무리 고물쟁이라고 업수이여겨도 참고 살고, 동네서 지 이름 안 부르고 고물, 고물 캐도 그거 고마 치아 뿐다 생각 안 했는데. 딸아아들 앞길에 걸릴까 싶어 걱정입니더."

"그래도 새실 양반요, 이 나이에 저거 내버리고 집 깨끗이 공단겉이 채리 놓고 두 손 딱 놓고 산다고 생각해 보소. 시집 간 딸아아들이 아버지 생활비 걱정하민서 살구로 하는 기 그 아아들한테 좋겠나? 집이 고물 천지면 어떻노? 내 힘 있을 때 내가 움직거리면서 내 입에 들어갈 거 내 손으로 해 묵는 게 안 편하겠나? 자석은 부모 벌어 논 거 편하게 받아묵을지 몰라도 내사 마 자석이 벌어 논 거 편하게 못 받아묵겠더메."

"저도 그래 생각은 합니더. 그래도 저것들 클 때 늘 헌 옷 받아다 입히고 학교를 가도 늘 헌것 구해다 주고 했던 기 맘에 걸려서. 시집갈 때라도 고물쟁이 딸이란 소리 안 듣게 하고 싶어서 그래서 이래 맘이 됩니더."

"그 맘이야 백번 알제. 헌거 입히는 거는 숭이 아이구메. 우리도 아아들 여섯 키우면서 새거 한 번 못 사 주고 키워서 그 마음 백번 알지러. 부모 마음이사 와 안 그렇겠능교? 그래도 우리 저 아아들 그래 커도 그거 한으로 생각 안 하구메. 요새는 저거들도 저거 새끼들 그래 얻어 입히고 물려 가며 키우는데 뭐. 지금도 우리 뒷방에 가 보소. 큰며느리부터 막내 이꺼정 아아들 키우고 남은 거 다 갖다 놨구메. 그래 갖다 놓으니 누구든지 오면 저 뒷방에 가서 맞는 거 개리 입고 안 가능교. 나는 그거는 우리 아아들이 잘한다 생각하구메."

"맞습니더. 지가 이래 마음이 되다 해도 또 들에 나가다가 쇳쪼가리 하나라도 보이면 또 주워 옵니더. 마당에 고물 있는 거 다 내다 팔고 깨끗이 치울라고 마음묵고는 도랑에 빈 병이 빠져 있으면 못 지나가고 또 주워 오는 기라예. 하루는 지가 지 손목댕이를 막 때렸다 아입니꺼."

"나는 새실 양반이 그라는 기 높이 보이구메. 깨끗하고 편한 거 안 좋은 사람이 있겠능교? 그렇지마는 넘 눈에 깨끗하이 보인다고 속꺼정 다 그런 거는 아닌갑더마는. 평생을 넘들한테 손가락질 안 받고 고개 숙일 일 안 하고 사는 거 그기 진짜로 인품 있는 기지. 속으로 다 썩은 사람들 많구메.

그 사람들 불버할 꺼 하나도 없구메."

"……."

어릴 때부터 동네에 같이 살았지만 종수 아재가 그런 분인 줄 몰랐다. 두 분이 이야기하는 걸 듣다가 엄마를 모시러 나왔다는 것도 잊고 나도 그 뒤에 서서 두 분 이야기가 끝날 때까지 한참을 서 있었다.

탱자나무 울타리

매화는 벌써 지고 벚꽃도 피었다 지고 복사꽃도 다 지고 나무마다 새잎이 야들야들 반짝거린다. 동네를 환하게 밝혀 주던 살구꽃도 지고 자두꽃도 지고 나니 이제 탱자나무 울타리가 올망졸망 꽃망울을 틔우네. 고 여리고 작은 꽃눈이 어떻게 저 댕돌 같은 가시나무를 뚫고 나오는지.

마침내 꽃망울이 터지면 새하얀 꽃잎과 가운데 노란 꽃술이 골목골목을 환하게 밝혀 준다. 뒤따라 나온 연둣빛 새잎까지 어우러지면 정말 눈이 부신다. 금방 나온 잎은 만지면 뽀드득 소리가 나지 싶을 만큼 반짝거렸다. 탱자꽃은 안개꽃처럼 자잘하지도 않고 목련처럼 크지도 않지만 참 곱단했다. 동무들은 꽃잎 붙은 모양이 조금 멀쑥하다고들 했지만 내 눈에는 무리 지어 핀 모습이 새하얀 눈처럼 보였다. 보름달이 높이 뜬 날은 탱자나무 꽃이 눈이 시리도록 하얘서 고샅이 더욱 환했다.

하얀 꽃도 꽃이지만 그 옆을 지나면 상쾌한 내음이 한동안 그윽했다. 나지막한 울타리에 꽃이 하얗게 피고 코끝을 간질이는 내음이 퍼지면 호랑나비가 많이도 날아들었다. 그 무렵이면 무척 설레며 학교로 가는 날이 많았다. 아침에 호랑나비를 보면 좋은 일이 생긴다고들 했으니까.

집집이 담장 대신 생울타리를 많이 둘렀다. 그 가운데서도 탱자나무 울타리를 많이 했다. 긴 가시가 어쩌나 여물고 센지 짐승들이 몰래 들어오다가 혼쭐이 났다. 집 앞쪽이나 옆에는 진흙을 이겨 돌을 쌓아 담장을 하기도 했다. 수수깡이나 대를 엮은 바자를 두르기도 하고. 하지만 집 뒤는 어느 집이나 탱자나무 울타리를 둘렀다.

영석이네 울타리는 동네에서 으뜸이었다. 살림이 포실해서 큰 기와집에 집터도 아주 넓었던 그 집. 정지에서 부침개를 부쳐 나오다가 울타리 너머 지나가던 아이랑 눈이라도 마주치면 손짓해서 부르던 영석이 엄마.

쿵킹이 아재네 텃밭도 탱자나무 울타리를 둘렀더랬지. 아재는 뒷짐을 지고 "쿵쿵 쿵쿵 쿵쿵." 하면서 고샅을 빠져나오다가 탱자나무 울타리 앞에만 오면 긴 가시를 하나 뚝 떼어서 이를 열심히 쑤셨다. 탱자나무 가시로 이를 쑤시고, 코로는 "쿵쿵 쿵쿵 쿵쿵." 소리를 내면서 밭장다리를 하고 걷는 모습이 얼마나 우스운지.

우리 집 뒤에도 탱자나무 울타리를 했다. 할매는 탱자나무 가시를 아주 영험이 있다고 믿었다. 객구 들린 데에도, 바알갛게 눈에 삼이 적었을 때도, 부스럼이 곪아 고름집이 되어도 탱자나무 가시가 매번 한몫을 했다.

학교도 삥 둘러 탱자나무 울타리를 했다. 탱자나무 언저리는 철철이 놀 거리였다. 탱자나무 긴 가시를 하나 따다 하얀 탱자꽃을 꿰어서 달리면 뱅글뱅글 뱅글 잘도 돌아가던 팔랑개비. 쉬는 시간이 끝날 때까지 탱자꽃 팔랑개비를 돌리면서 숨이 차도록 달리고 놀았지. 운동장이 좁다 하고 뛰어다니다 보면 어느새 종이 울렸다. 가지고 놀던 탱자꽃 팔랑개비를 필통에 꽂아 두고 공부를 하다 보면, 창밖에서 불어오는 바람을 타고 팔랑개비가 한 바퀴 돌다가 멈췄다가 쉬엄쉬엄 돌았다. 그것까지 얼마나 꿈결 같은지.

샛노랗게 탱자가 익을 무렵이면 꽃보다 더 짙은 내음이 퍼진다. 조롱조롱 마치 조그만 꽃등을 달아 놓은 것처럼 골목골목이 또 한 번 환해졌다. 어른들은 다 익은 탱자를 따 모아 약으로 두루 썼다.

그런데 어느 날부턴가 탱자나무 울타리가 사라지기 시작했다. 면에서 사람들이 나와 마을 길도 넓히고, 주택 개량 사업도 해서 살기 좋은 농촌을 만든다고 했다. 영석이네가 먼저 탱자나무 울타리를 뽑더니 한 집 두 집 뽑아내기 시작했다. 동네에는 차츰차츰 높은 블록 담이 늘어났다. 더러는 담장에 페인트칠을 하기도 하고 골목도 조금 넓어졌다. 수채도 덮고 길바닥에도 시멘트를 덮어 발랐다. 그러고 좀 있으니 담장을 따라 살피꽃밭도 만들라고 했다. 블록 담 아래로 또 블록을 나지막하게 쌓고 흙을 채워 꽃밭을 만들었지. 이름도 잘 모르는 서양 꽃들이 빼곡히 피어났다. 겨울 아침에 일어나면 돋을볕이 퍼지는 탱자나무 울타리로 포르르포르르 무리 지어 날아드는 멧새 떼. 재재굴재재굴 지저귀다 와그르르 날아가는 수십 마리 참새 떼. 그 그림 같은 풍경도 사라졌다.

집집마다 탱자나무 울타리를 뽑아내고 새로 쌓아올린 블록 담은 꺼무죽죽하게 빛이 바랬다. 울타리 아래 모여 오구작작 떠들던 아이들도 이제 없다.

'이맘때면 야들야들 반짝이는 연둣빛 이파리하고 하얀 탱자꽃이 눈부셨는데.'

"숭실 아재 맞지예?"

텃밭 가에서 허리를 펴고 일어서는 아재는 분명 숭실 아재다. 머리도 하얗게 세었고 허리는 굽었지만 그 옛날 숭실 아재가 맞다. 젊었을 때 남달리 꼿꼿하고 키 큰 아재 모습이 그대로 남아 있다.

"뭘 그래 심어 놓고 보십니껴? 아재는 힘도 좋으시네. 인자 고마 아아들한테 맡기고 쉬어야지예."

"좀 있으면 안 쉬고 싶어도 원 없이 쉴 낀데. 몸 꿈쩍거릴 만할 때꺼정 꿈쩍거려야지."

"뭘 심었습니껴? 엄머야, 그거 탱자나무 아입니껴?"

"작년에 모종을 부었더마는 에북 컸어. 저짝에 심을라꼬."

숭실 아재가 가리키는 쪽을 보니 아재 집 대문 옆으로 거무 죽죽한 시멘트 블록 담장이 제법 허물어져 있다.

"저기 본데 힘이 없다. 경운기 궁디이만 시부직이 갖다 대도 자빠지고, 황소가 등더리만 좀 문대도 넘어가고 그란다."

"그래도 이기 제일이다. 저놈으 것은 날이 갈수록 비기 싫지 만 이거는 안 그렇다. 해가 가면 갈수록 실해지지. 바람 숭숭 들고 나지. 그러니 여름에 시원하지. 꽃 피제 열매 달리제. 돈 안 들제. 학교 울타리 밑에 가서 몇 바가지 주워 왔더마는 이러키 많이 났네."

"요새는 짐승보다 차가 무섭거든. 탱자나무 울타리를 해 보 래이. 차들이 지 알아서 조심하지. 우야다가 와서 박아도 가 지 몇 개 부러지면 그만이거든. 부러진 가지야 내년이면 새 로 나서 자랄 끼고. 저놈으 보루꾸 담은 돈덩어리데이. 경운 기고 트럭이고 지나가다 쿵 박아 놓고 미안하다고 가는데, 동네 사람끼리 물리라 마라 할 수도 없고. 벌씨로 담장 새로 올린 기 몇 번 된다."

아재는 저 말을 어찌 참았을까. 한마디 끼어들 틈도 주지 않고 쏟아 내신다.

"그러키. 그거 없앤 거는 잘못돼도 참 잘못된 기라. 돈 들여 했으니 백지로 또 허물어 버리고 새로 할 수도 없고. 저거 저 거 뭉개진 거 저것도 애물단지다. 흙맨치로 또 이개서 쓸 수 도 없고. 갖다 내삐릴 데도 없다. 썩지도 않지럴."

"책상물림으로 머리만 쓰는 사람들은 한 가지배끼 모르는 기라. 아이믄 저거 일 아이라꼬 에멜무지로 하고 말기나. 저 거가 여어 농사짓고 사는 사람들 알면 얼매나 안다꼬. 내사 지금도 농촌지도소 사람들 말 다 안 믿는데이. 저거가 머 안 다꼬 우리를 지도하노? 뼈아프게 농사도 안 지어 본 놈들이. 그런 넘들 말 듣고 울타리 뽑아내고, 도랑마다 시멘트 바르 고. 우리가 깨춤 춘 기다."

팔순을 바라보는 아재의 말이 어찌 그리 눈물겨운지. 그 푸 르던 울타리는 하매나 만날 수 있을까. 괜히 눈 슴벅거리면서 먼 데 하늘만 올려다보고 섰다.

감꽃 줍는 아이들

"야야, 감꽃 주울 끼가? 인자 고마 마당 쓸란다."

기다란 마당비를 들고 아버지가 부르신다.

5월. 눈을 비비고 마당엘 내려서면 감나무 밑이 하얗다. 감기는 눈을 비벼 가며 감꽃을 꿰지. 아버지도 우리가 일어나길 기다리면서 벌써 한 줄이나 꿰셨다. 우리 집 꽃을 다 줍고 아직도 감기는 눈을 비비며 동생이랑 대문을 나서면 이 집 저 집서 동무들이 나온다.

복사꽃이랑 살구꽃이 다 지고 한참이나 있어야 피는 감꽃. 감꽃은 다른 꽃이랑 달라서 아이들이 먹는 군것질거리가 된다. 우리 집 감은 떨감이다. 그래서 꽃도 떫다. 그런데 참 희한하지. 빨랫줄에다 걸어 말리면서 오며 가며 하나씩 빼 먹으면 꼭 달달한 곶감 맛이 나거든, 꽃에서.

길고 깨끗한 짚을 골라 짚꿰기를 만들어서 달랑달랑 들고 맨 먼저 가는 집은 사춘댁이었다.

"아재 안녕하십니껴?" 하고 들어가기도 하지만 보통은 그냥 고개만 꾸우벅 하고 감나무 밑으로 달려간다. 그 댁 어른 사춘 아재는 한 번도 화내는 모습을 본 적이 없다.

"너거들이 안 오면 내가 아침을 못 얻어먹는데이. 어서 줍거라."

잠깐이면 다 쓸어 낼 마당인데도 감꽃 주우러 올 아이들을 기다리고 서성대시는 거다, 날마다 그렇게.

"아이구 야야, 니 눈꼽쟁이가 방구만 하다. 발등 깨지겠데이."

놀래서 눈을 비벼 대면 그게 이뻐 죽겠다는 듯이 껄껄대셨지.

사춘 어른 댁 감나무는 보통 감하고는 좀 달랐다. 감은 작고 아주 맛이 없는데 꽃이 달착지근한 것이 그냥 먹어도 떫지가 않았다. 꽃도 아주 자잘해서 일일이 주워서 짚꿰기에 꿰려면 한참이 걸렸다. 우리는 사춘 어른이 기다려 주시는 것이 고맙기도 하고 미안하기도 했다. 하나씩 주워서 꿰 모으다가 마당을 서성대는 아재를 보면 마음이 바빠진다. 치마를 벌려서 손바닥으로 살살 쓸어 담아 마당을 나와서는 상그람 방울나무 밑에 졸로리 앉아서 하나하나 꿴다. 동무들이 서넛만 가는 날은 서너 줄도 꿰고 어떤 때는 동무들이 너무 많이 모여서 달랑 한 줄밖에 못 하기도 했지.

그 다음으로 가는 집은 산외댁. 그런데 이 집은 서너 번을 가야 한 번쯤 들어갈 수 있었다. 감나무가 많아서 감꽃을 줍기는 좋은데 어른들이 매섭고 차가웠다. 높다란 대문은 늘 꼭 닫혀 있는데 대문에는 커다랗게 '개 조심' 하고 붙여 놨다. 개도 주인을 닮는 건지 아주 무서웠다. 어쩌다 심부름 갈 일이 있어도 할 일을 다 마치고 나올 때까지 다리가 저렸다. 심부름을 가는 날은 그 집 아재가 개 줄을 붙들고 있어도 그랬다. 으르릉거리고 풀쩍풀쩍 뛰면 덩치 좋은 그 집 아재까지 움칠움칠 딸려 다

넜으니까.

한번은 제삿밥을 이고 갔다가 개가 풀쩍 뛰어오르는 바람에 머리 위에서 다 쏟았다. 뜨거운 탕국이 쏟아져 흘러내리는데 머리카락이 다 빠지는 줄 알았다. 그래도 뜨거운 줄도 모르고 달려 나왔다. 그때는 그 개가 황소보다 더 커 보였다. 그러니 아이들은 그 집 감꽃이 아무리 탐이 나도 쑥 못 들어갔다.

어쩌다가 그 집 꼴머슴 태교 오빠가 개를 잡고 문을 살짝 열어 주면 얼른 잘 안 보이는 뒷마당으로 뛰어가서 꽃을 주웠다. 하지만 그런 날은 드물었다. 그 댁 어른들 기분이 나쁜 날에 대문 앞을 서성대다가는 괜히 우리들한테 날벼락이 떨어졌다.

"아침부터 가쓰나들이 들락거리이 재수 없는 일만 생기제."

그 다음 말은 들을 필요도 없이 나와야 했다. 길게 들을수록 더 기분만 나빠진다는 걸 우리도 알았으니까. 그런 날은 대문에 붙여 둔 '개 조심'만 아이들한테 욕을 보았다. '개'를 '개자석'으로 바꾸기도 하고, '개' 뒤에다가 '겉은 놈'을 써 넣기도 하고. 그런데 그런 일은 우리보다 서너 살 많은 오빠들이 해 놓고는 달아났다. 잡혀서 된통 혼이 나는 건 어정거리다가 뒤에 남은 우리들이었지만 .

다음 날 아침엔 어김없이 사춘 어른 댁에 또 하나둘 모여들었다. 감꽃을 주우면서 누가 먼저 하는 말인지 모르게 곧잘 나오는 말.

"참 이상하제? 와 착한 사람은 못 사는공?"

으리으리한 기왓집 마당에 하얗게 떨어졌을 감꽃은 구경도 못 하고, 나지막한 초가집 사춘 어른 댁 좁은 마당에 옹기종기 모이니 절로 그런 생각이 드는 거다.

"맞다, 옛날부터 그런 갑다. 옛날이야기도 봐라. 착한 사람은 다 가난하제?"

"맞다, 산외댁에는 가마이 있어도 자고 나면 살림이 저절로 분다 카데."

있는 사람들 살림은 손가락 하나 얄랑하지 않아도 날마다 불어나는 걸, 그 우렁잇속 같은 세상을 그때 우리들이 우예 알았겠노.

이런 봄날에는

따뜻한 봄날. 건너편에 보이는 산에도 푸른 기운이 감도는 것 같고, '그러니까 이제 봄이 왔다아, 이거지?' 싶은 날이면 여자애들끼리 학교 마치자마자 칼과 소쿠리를 들고 나가서 쑥도 뜯고 나물도 뜯고 그랬다.

쑥을 참 많이도 뜯으러 다녔지. 쑥 뜯으러 가는 동무들이 들고 나온 소쿠리를 보면 하나도 성한 것이 없었다. 그때는 대를 엮어 만든 대소쿠리를 많이 썼으니까. 하얗고 깨끗한 새 소쿠리는 잔치를 하거나 명절 같은 때 쓰려고 꼭꼭 싸서 넣어 두고 우리 아이들한테는 오래 써서 때가 시커멓게 묻은 것들이나 돌아오는 거지. 그것뿐인가. 오래 쓰다 보니 테가 터져서 엮어 놓은 게 군데군데 풀렸다. 그러면 엄마랑 할머니는 못 쓰는 조각 천을 덧대서 누덕누덕 기웠다.

어디 소쿠리만 그래? 칼도 오래 써서 닳고 닳아서 칼끝이 두루뭉실하게 되었거나 어쩌다 잘못해서 부러진 칼, 손잡이가 없어서 실을 챙챙 감아 잡도록 만든 것들……. 하여튼 지금은 고물상에 가서도 찾아보기 힘든 물건들이었다.

우리 집에는 엄마가 시집올 때 갖고 온 건지 어쩐지 엄마가 아끼고 아끼던 꽃 소쿠리가 하나 있었다. 한번은 그걸 몰래 들고 나갔다가 엄마한테 들켜서 눈물이 쏙 빠지게 혼이 났다.

"헌 게 있어야 새것도 있지. 새거 좋다고 쓰다 보면 죄다 헌것 되지."

저녁 밥솥에 짚불을 걷어 넣으며 조곤조곤 꾸짖는데 발바닥이 정지 바닥에 들러붙은 듯이 꼼짝도 못 하고 훌쩍거리기만 했다.

"야야, 저녁상 차리구로 걸레 빨아서 청 좀 닦자."

고모가 불러내지 않았으면 언제까지 콧물 눈물 훌쩍거리면서 서 있었을지.

그렇게 헌 소쿠리와 반 동강이 난 칼이지만 그 둘만 챙겨 들고 들로 나가면 모두 우리 세상이었다. 그러나 봄이 왔다고 해도 어느 곳에나 쑥이 자란 건 아니다. 아직 봄이 이르니 볕이 잘 안 드는 곳은 얼어서 서걱서걱하는 곳이 많았다. 들에서 새싹이 맨 먼저 파릇하게 자라는 곳은 불에 태운 논두렁이었다. 그 불에 탄 시커먼 논두렁을 타고 앉아 쑥을 한참 뜯다 보면 손이랑 얼굴이 시커맸다. 쑥을 뜯다가 껌정이 묻은 손으로 얼굴을 쓸다가 보니 얼굴까지 온통 숯검정투성이가 됐다. 그것뿐이게? 숯 구덩이에 털썩 주저앉아 쑥을 뜯다 보니 옷까지 시커멓게 껌댕이가 묻어 집에 가면 또 한 번 혼이 나지.

그런 이른 봄에는 쑥 한 소쿠리 뜯는 게 쉬운 일은 아니다. 쑥이 있는 언덕엘 가면 처음엔 동무고 뭐고 뒷전이다. 모두들 여기저기 재빠르게 뛰어가서는 칼로 둥그렇게 그려 댄다. "여기는 내 자리." "요게 내 꺼." 서로 많이 뜯을려고 욕심을 내는 거지 뭐. 하지만 그것도 잠깐뿐이다. 여기저기 멀찌감치 뚝 뚝 떨어져 앉아서 저만 많이 뜯을려고 입을 꾹 다물고 손만 놀리다 보면 심심해졌다. 그러면 누가 먼저랄 것도 없이 하나둘 모여든다. "니 여기서 뜯어라." "온나, 내하고 같이 뜯자." "여, 억수로 많다. 둘이 뜯어도 되겠다." 그러면서 종알종알 할 얘기도 참 많았다.

"참, 너거 아버지는 아직도 똥오줌 받아 낸다면서?"

"그래, 울 엄마가 고생이다."

"니도 아버지한테 잘한다 카데."

"우리 엄마도 카더라, 니가 참 기특다꼬."

"기특키는, 그냥 하는 기지 뭐."

"니 꺼부지기는 넣지 마래이. 또 너거 고모가 소죽솥에 부어 버릴라."

"너거 고모 너무했다. 우째 그래 깨끗한 척을 다 하노?"

"아이다, 그날 내가 좀 더러운 데서 뜯기는 뜯었다."

"그래도 아아들이 뜯은 거를 우째 보는 데서 소한테 주노?"

그러면서 또 잊고 있었다는 듯이 모두들 끝에 붙은 누런 잎은 뜯어내고 통통하고 뽀얗게 살진 쑥들만 골라서 담는다. 한참을 뜯고 고르고 하다 보면 이야기도 시들해진다. 쑥 뜯는 것도 지치면 땅따먹기도 하고 칼 꽂기도 하고 논다.

칼 꽂기? 다들 생각하는 그런 칼싸움이 아니다. 먼저 발 앞에 금을 긋고, 그 금을 밟고 서지. 칼끝, 뾰족한 데 거길 손가락 모아 잡고 흔들흔들하다가 멀리까지 힘껏 던져서 땅바닥에 꽂는 거다. 이때는 가위바위보를 해서 진 사람이 먼저 던진다. 못 꽂으면 다시. 한 번 더 해도 안 되면 지지 뭐. 다음 사람이 꽂혀 있는 칼에 던져서 넘어뜨리면 이기는 거다. 쉽지가 않다. 이렇게 이기면 알밤 때리기도 하고, 어떤 때는 뜯어 놓은 쑥을 한 움큼씩 주기도 하고.

그렇게 한참을 놀다 보면 이제 집에 갈 시간이 다 돼 가는데 어떡하나. 처음 욕심과는 달리 쑥은 반 소쿠리도 안 되고, 해는 곧 넘어갈 테고…… 반나마 차 있던 쑥은 노느라고 볕에 팽개쳐 두어서 폭삭 시들어 바닥에 착 달라붙어 버렸으니.

쑥을 뒤적거려 가면서 골고루 물을 먹이는 거다. 물기를 먹은 쑥들이 파들파들 살아서 다시 소쿠리 그득 찬 것처럼 보이도록. 그래도 쑥은 반 소쿠리도 채 안 된다.

"작년에 저 위에 돌미나리 많았재?"

"맞다. 한번 가 보자."

원래 돌미나리는 물이 좀 촉촉한 곳에 많이 자란다. 그냥 절로 나서 자라는 것인데, 키도 작고 통통한 것이 소쿠리를 채우기에는 그만이다. 게다가 봄에 처음 캔 돌미나리 나물은 향이 아주 좋고 맛이 있어서 어른들이 좋아하지. 물가를 따라 조금 가다가는 막 올라오기 시작하는 어린 돌미나리도 캔다. 이 돌미나리는 잘못 캐면 잎이 한 잎씩 다 떨어져 버려서 안 된다. 뿌리 있는 곳까지 칼을 깊이 넣어서 뺑 돌려 캐야 한 이파리씩 흐트러지지 않고 고스란히 건질 수 있다. 쑥 뜯는 것보다 마음을 더 써야 되지만 부피가 쉬이 쑥쑥 늘어나니 소쿠리를 채우기가 쉽다.

"쑥국에 나시갱이 넣으면 더 맛있는데……."

급해진 누군가 그렇게 중얼거리면,

"맞다. 나시갱이는 된장 넣고 조물조물해서 먹어도 좋다 아이가."

그러면서 또 나시갱이도 도려 넣고. 나시갱이도 마음이 바쁘면 안 된다. 추운 날씨를 이기느라 땅바닥에 착 달라붙어 있어서 칼을 흙 속으로 제법 깊이 넣고 뺑 돌려 도려내어야 이파리가 낱낱이 흩어지지 않고 고스란히 딸려 온다.

처음에 통통하게 살진 쑥만 골라 담았던 쑥 소쿠리에는 어느새 돌미나리도 들어가고 나시갱이도 들어가고. 그렇게 마음이 바빠지면 이 나물 저 나물 가리지 않는다.

"여기 담배나물도 있데이."

"칼씹냉이도 많다. 이것도 비빔 간장 만들어서 비벼 먹으면 입맛 돌아온다고 우리 할매가 좋아한데이."

나중에는 쑥보다는 이런 들나물들이 훨씬 더 많았지.

"인자 춥다, 가자."

"그래, 인자 됐다."

서로 소쿠리를 넘겨다보고는 좀 적다 싶은 아이가 있으면 잊지 않고 한 움큼 덜어 주기도 하면서 동네로 들어간다. 동네 들어가는 어귀, 옥이네 작은집 밭에 겨울초가 파랗다.

"옥아, 저거 너거 작은집 거 맞재?"

"아이고, 겨울초가 파랗네."

"저거 쪼끔씩만 더 뜯어 가자."

"그라자 고마, 내가 나중에 작은엄마한테 말하께."

그래서 우리 소쿠리에는 겨울초가 너풀너풀 넘치도록 담겼다. 소쿠리 가득 채우지 못했다고 야단 들은 적은 없는 것 같은데 우린 늘 소쿠리를 가득 채우려고 그토록 애를 썼다. 아마 할매가 소쿠리를 받아 주면서 하는 그 말이 좋아서 그랬을 거다.

"아이고, 내 강생이. 날이 안즉 추운데 어데 가서 쑥을 이래 많이도 뜯었노? 오늘 밥값 했네."

할매가 궁둥이를 툭툭 쳐 주면 기분이 한층 좋아져서 가져 갔던 몽당 칼자루를 탱자나무 울타리 아래다 툭 던져 놓고 방으로 들어갔지. 그 탱자나무 울타리에서 재재거리던 멧새들이 놀래서 후르르 떼 지어 날아오르던 모습도 그림같이 떠오른다, 이런 봄날에는.

백화주 이야기

　봄이다. 뒷산에 꽃이 피어 동네가 환하다. 진달래가 붉게 피었다 지더니, 산벚나무도 하얀 꽃잎을 흩날리고 섰다. 절집 마당에는 올해도 어김없이 진분홍 박태기꽃이 총총총 달렸다. 산허리 여기저기 돌복숭아꽃이 참 곱다. 허물어진 빈집 사이로 띄엄띄엄 서 있는 살구나무, 배나무도 질세라 고요한 동네를 밝히고 있다. 좀 있으면 저기 우리들 그네 매어 뛰던 소나무 아래로 몇 그루 서 있는 배롱나무도 붉디붉은 꽃을 피우겠지.

어디 그렇게 큰 나무에만 꽃이 피는가.

산길 어딜 걸어도 자잘한 꽃들이 발길을 밝힌다. 노란 양지꽃이 발길에 밟힐 듯 말 듯 나지막이 피어 올려다본다. 마른 풀잎 사이에 고개를 숙이고 핀 꼬부랑 할미꽃도 보인다. 보랏빛 제비꽃이 여기저기서 하늘거리고, 민들레 씨는 어느새 공처럼 동그랗게 부풀어 깃털을 달고 날아갈 준비를 하고 있다.

하나하나 이름을 다 들먹이지도 못할 꽃들이 온 산에 들에 피기 시작하면 엄마는 독 하나를 꺼내 온다. 겨우내 묵혀 둔 빈 독을 꺼내 짚불을 붙여 독 안을 구석구석 그을리고 나면 맑은 물로 여러 번 헹구어 낸다. 그런 다음 마른행주로 물기를 말끔히 닦고 밑술을 넉넉히 부어서 정짓간 한옆에다 세워 두고, 메주콩 백 개를 세어 종지에다 담아서 독 뚜껑 위에 놓는 것도 잊지 않는다.

여기저기 진달래가 피어나면 먼저 진달래꽃을 한 줌 따다 넣고, 콩 한 알을 덜어 낸다. 그렇게 엄마의 백화주 담그는 일이 시작된다.

백화주. 백 가지 꽃을 따다 술로 담근 것이다. 진달래부터 시작해서 꽃 한 가지 따서 넣고 콩 하나 덜어 내고, 또 꽃 한 가지 따 넣고 콩 하나 덜어 내고. 봄이 가고 여름이 지나고 가을이 되어 가면 줄어들 것 같지 않던 콩도 많이 줄어든다. 철따라 피고 지는 꽃이 바뀔 때마다 엄마는 잊지 않고 꽃을 한 줌씩 따다 넣었다.

밭에서고 들에서고 큰일을 하나라도 꿰차고 거들어 주는 사람 없이 상머슴 일을 혼자서 해내야 하는 엄마. 그런 엄마가 새로 핀 꽃을 따 오는 일은 잊지 않았다. 어느 날은 늦게까지 들일을 하고 어둑할 때 들어오면서 낮에 보아 둔 꽃을 따러 산에 올라갔다가 팔이고 다리가 다 긁혀 오기도 했다. 어두워진 산에서 꽃을 하나하나 따지를 못하고 주루룩 훑어서 머리에 쓰고 있던 수건에 싸서 왔다.

하루 일을 끝내고 저녁 설거지까지 마치고 나면 "온몸이 물먹은 창호지겉이 방바닥에 차악 달라붙는 것 같다." 하면서도 엄마는 불빛 아래서 꽃잎을 고르고 앉았다. 막내 고모가 엄마 옆에 앉아 꽃잎을 고르면서 한마디 하지.

"언니도 차암 희한한 사람이다. 날마다 술 먹고 오는 오빤데, 술 약 해 대기 신물도 안 나? 아침마다 쌀무리 갈아 주고 재첩국 끓이 주고 하지 말고 술 해 주지 말지."

듣고 보니 그랬다. 아버지는 정말 술을 안 드시는 날이 별로 없었다. 이날 이때까지 그렇다. 술에 취해서 마루 끝에 드러누워 꼼짝도 못 하는 아버지를 겨우겨우 방에까지 끌어다 눕히고 넥타이를 풀어 주고 양말을 벗기면서 엄마는 혀를 끌끌 차댔다. 그러고 다음 날 아침이면 재첩국을 끓여 대었다.

재첩이 나는 철이면 아침마다 재첩국이 끓이질 않았다. 아침에 재첩 끓이는 냄새를 맡으면서 눈을 뜨면, 차르르륵 차르락 소리에 끌려 마루로 나가곤 했다. 조갯살을 발라내느라 이리 한 번 저리 한 번 뒤섞을 때마다 차르락 차라라락 하던 조개껍질 부딪는 그 소리가 빗소리처럼 어떨 땐 쉿소리같이 참 듣기 좋았다. 문을 밀고 나가면 엄마는 조리로 조갯살을 다 일어 내고 차락 차락 조갯살을 발라내다가, 사구째로 우리한테 내밀었다. 우리는 눈꼽도 안 떨어진 눈으로 재첩 껍질을 뒤집어 가면서 살을 골라냈다. 조리로 아무리 잘 일었다 해도 껍질 안쪽에 붙어 있는 살은 만만치 않게 나왔다. 살을 떼어 내 입에 넣고 우물거리면서 모아도 제법 한 종지썩은 나왔다. 껍질을 이리저리 뒤집으면 차르륵 차르륵 나는 소리가 참 듣기 좋았다. 아이쿠, 이야기가 또 재첩국으로 샜다.

아버지는 그렇게 몸이 상할 만큼 술을 드셨고, 엄마는 약이 되다는 것은 무엇이든 죽어라 해 대었다. 막내 고모가 그런 말을 할 만도 했다. 암말 않고 꽃을 고르던 엄마가 입을 열었다.

"애기 너거 오래비가 보통 사람이가. 저 속이 속이겠나."

"……"

"일 욕심 많고 포부 큰 사람이, 저래 날개를 꺾이가 안 사나. 속에 일어나는 그 불을 우예 삭히겠노."

"……"

"술을 묵어가 그 불을 끌 수 있다 카믄 술을 묵어야지. 너거 오래비한테는 술이 약이다. 이왕에 묵는 술, 쪼께이라도 좋다 카는 술을 묵으라꼬."

올해도 산에는 진달래가 피었다 지고 복사꽃도 화안하게 피고 좀 있으면 감꽃도 피겠지. 환하게 핀 꽃잎을 들여다보고 있노라면 꽃잎 사이로 콩알을 덜어 내는 엄마의 등허리가 어른거린다. 몸도 못 가누게 취해서 들어오신 아버지의 넋두리도 들린다. 그리고 어느새 꽃잎에 녹아 있는 술 냄새가 코를 간지럽힌다. 진달래 꽃잎에서도 눈처럼 흩날리는 벚꽃 이파리에서도 남들이 사과 냄새 난다 말하는 박태기꽃에서도 모두 술 냄새가 난다.

　그러면 나는 술이 그냥 좋아진다. 그냥 좋다. 엄마가 그토록 신물이 난다는 그 술이 좋다. 술을 한 잔 마시고 나면 어느새 내 술잔에는 갖가지 꽃잎이 동동 떠다닌다. 술 취해 쓰러진 아버지의 냄새나는 양말을 벗기는 엄마 얼굴도 술잔에 잠긴다.

　"이넘들아, 그래 사는 기 아이다."

　아버지의 쉰 목소리도 잠긴다. 나는 공오오 삼구 어쩌구 저쩌구 하는 전화번호를 누른다.

　"엄마 미얀데예. 저녁 자셨습니꺼? 별일 없지예? 아아들예? 아아들이사 다아 잘 있지예. 아버지는예? 오늘도 약주 하셨습니꺼? 그래도 아직까지 그래 드실 수 있으이 됐습니더."

　맨날 하는 그 소리, 똑같은 그 소리를 하고 그냥 기분이 좋아진다.

무꽃과 사월 무시

'봄' 하면 빠지지 않고 떠오르는 건, 겨우내 묻어 두었다 꺼 낸 무다. 그것도 노란 새순이 나 있는 짧고 통통한 무.

　가실을 끝내고 나면 우리 동네 어른들은 볕이 잘 드는 마당 한켠에 무를 두둑하게 묻었다. 구덩이를 커다랗게 파고 짚단 을 빙 둘러 깔아 놓고는 무를 차곡차곡 쌓지. 아니 차곡차곡 세웠다고 해야 할까? 무를 한쪽에서부터 차곡차곡 세우면서 한 층을 놓고 그 위에다 짚단 풀어서 한 켜 깔고 흙을 뿌린다.

그 위에다 또 무를 하나하나 세우면서 한 층을 쌓아 올리고. 그렇게 구덩이가 찰 때까지 쌓아서 위에다 흙을 넉넉하게 덮고 헌 가마떼기를 깐다. 마지막으로 빗물이 고여 들지 못하게 봉긋한 무덤처럼 흙을 푹 덮고, 바람이 못 들어가게 꼭꼭 밟는다. 그렇게 정성껏 잘 묻어 둔 다음 겨우내 하나씩 꺼내 먹었지.

송송송 채를 곱게 썰어서 무생채를 해서 밥을 비벼 먹으면 달큰하고 시원한 맛이 그만이다. 쌀은 조금 넣고 보리쌀과 무채를 섞어 무밥을 해서 넉넉지 못한 끼닛거리를 늘려 먹기도 했다. 겨울밤이면 엄마랑 고모가 무를 한 광주리 씻어다 놓고 밤이 이슥해질 때까지 무채를 썰었다. 우리는 그 옆에서 무 대가리, 그러니까 무청이 달린 파릇한 데, 그걸 달래서 아삭아삭 베어 먹었지. 그게 달큰한 것이 제법 맛이 있다. 머리맡에서 나는 도마 소리에, 소곤소곤 이야기 소리에 잠도 오지 않고, 하나 더, 하나 더 그러면서 눈이 따가운 걸 참으며 늦은 밤까지 같이 놀았다.

"생무시 마이 무면 속 따갑데이."

그래도 손은 어느새 낼름낼름 도마 위로 나가지 뭐. 엄마가 손등을 탁 치면 슬며시 당겼다가 또 슬그머니 무를 집어다 먹지. 그러다가 타닥타닥 날래게 움직이는 칼을 피하면서 손을 싹 밀어 넣는데 엄마가 외마디소리를 쳤다.

"손!"

방 안 식구들이 깜짝 놀랐지. 놀란 엄마가 넓적한 손바닥으로 등짝을 세게 쳤다. 그렇게 등짝을 맞고는 입을 쑥 내밀고 뒤로 물러나 앉았다가 또 엄마 옆으로 슬며시 파고들고.

그렇게 밤이 이슥하도록 썬 무채는 넓적한 대소쿠리에 펴 놓고 꾸덕하게 말리면서 밥에 넣어 먹었다. 큰 솥에다 참기름을 조금 두르고 한 솥 볶아서 먹기도 했다. 무나물을 건건하게 볶아 놓으면 달큰한 것이 먹기가 참 좋았지. 그걸 장독간에 내다 두고 며칠씩 먹는데 얼음같이 차가우면 또 차가운 대로 맛이 있었다. 아, 밥을 짠 반찬 먹듯이 조금 떠 넣고 건건한 무나물은 입안 가득 밥처럼 넣고 먹던 우리 엄마 생각이 나네.

그때 해 먹은 무 반찬 중에 우리 식구들이 맛나게 먹었던 게 또 있다. 푸르게 잘 말려 놓은 무시래기를 푹 삶아서 비닐같이 하얀 줄기를 까 버리고, 거기다 무채 썰어 넣고 된장에다 조물조물 무친 시래기나물. 엄마는 시래기나물을 무치면 어른들

상에 한 접시 덜어 놓고 그 나물 무친 양푼에 그대로 밥을 떠 넣어서 비볐다. 그게 얼마나 맛있던지 엄마가 비비기 무섭게 우르르 달려들어 달달 긁어 먹곤 했지. 지금도 입에서 침이 사르르 도네.

아이구, 무 더미 이야기하다가 무 반찬 이야기로 빠졌네. 우린 그 무 더미 위에 올라가서 잘 놀았다. 아침부터 해가 넘어갈 때까지 온종일 해가 드는 자리니까 늘 따뜻했거든. 오르기 내리기 놀이도 하고, 뫼등 놀이도 하고. 아아, 또 있다. 신발 숨기기 놀이를 할 때면 무 더미는 신발을 숨겨 놓기에 딱 좋았지.

봄이 가까워 오면 두둑하던 무 더미는 점점 꺼져서 나중엔 마당하고 같이 평평해진다. 처음엔 구멍을 막아 놓은 짚단만 뽑아내고 팔을 넣으면 커다란 무가 손에 닿았지. 그런데 겨우내 하나씩 하나씩 꺼내 먹다 보면 어깻죽지까지 다 밀어 넣어야 겨우 손가락 끝에 무가 걸릴락 말락. 그때쯤이면 우리 어린 아이들은 무를 꺼낼 수가 없다.

한번은 나도 엄마한테 무 하나 꺼내 드리고 칭찬을 듣고 싶은 욕심에 어른들 안 보는 틈에 혼자서 팔을 밀어 넣었다. 그런데 아무리 손을 휘저어 보아도 무가 안 잡히네. 팔을 점점 더

깊숙이 밀어 넣는데 나중에는 어깨, 목까지 끌려 들어가 거꾸로 끌어 박혀 버렸다. 아무리 팔을 휘휘 휘저어 봐도 땅바닥은 손에 닿지 않고, 발버둥을 치면 칠수록 몸통은 점점 안으로 빠져 들어갔다. 몸통이 반도 넘게 컴컴한 무 더미 안으로 빠져서 거꾸로 박힌 채로 빈 하늘에 헛발질만 해 대면서 어찌나 무서웠던지. 엄마가 달려와서 빼내 주지 않았으면 아주 고생깨나 했을 거다.

어른들이 팔을 끝까지 다 밀어 넣어도 무가 잡히지 않을 때쯤, 그러니까 봄이 오면 이제 무 더미를 헐어야지. 우리들이 올라가 노는 바람에 흙이 굳을 대로 굳어져서 처음에는 좀 힘들게 삽으로 파내야 한다. 안에 덮어 놓은 가마때기를 벗기고, 흙을 살살 파내지.

그때까지 끌려 나오지 않고 살아남은 무들이 구석구석에서 하얗게 얼굴을 내민다. 그런 무에는 꼭 무 꼬리에서부터 몸통까지 하얀 실뿌리가 가느다란 거미줄처럼 엉겨 붙어 있다. 안개가 무를 감싸고 있는 것 같기도 하다. 솜사탕 기계를 빙빙 돌리면 하얀 설탕 실이 주욱 이어져 나오면서 나무젓가락에 엉겨 붙을 때 같기도 하고. 난 그걸 얼른 손을 내밀어 만지기가 아까웠다. 어쩐지 신비스럽기도 했다. 손으로 만지면 그 실 같은 것이 내 손바닥에서 뭉개져 버릴 걸 생각하니까 손이 앞으로 선뜻 나가질 않았다.

그중에서도 정말 내 눈을 부시게 한 건 노오란 무 새순이다. 밭에서 보는 검푸르고 빡빡한 무청이 아니다. 까실까실한 털이 붙어서 팔을 따갑게 하던 그런 무청이 아니라 보드랍고 야들야들한 노란 새순. 그 노란 새순이 참 좋았다.

엄마가 반찬 한다고 무를 정지로 들고 들어가면 뒤쫓아가서 언제나 그 무 꽁다리를 얻어 나왔지. 물론 새순을 다치게 자르면 절대 안 된다. 접시에 자작하게 물을 떠 놓고 노란 새순이 달린 무 꽁다리를 담가 두는 거다. 볕이 잘 드는 마루 끝에다 두고 보면 기분이 절로 좋아졌다.

하루하루 볕을 쬐면서 무순은 점점 연둣빛이 되었다가 제법 짙푸르게 되어 간다. 빳빳하게 자라 힘도 어지간히 오른다. 가운데서 꽃대가 나기 시작하면 이젠 하루에도 몇 번씩 들여다본다.

조그맣게 잘라서 접시에 담가 둔 무 꽁다리. 거기서, 그 조그만 데서 빳빳한 꽃대가 쑥 나와서 연보랏빛 꽃을 피울 때면 가슴이 콩닥콩닥 뛰었다. 그 시절, 그 시골에서 어디 화분이라고 집에서 키우기나 했겠나. 그때 내가 온 정성을 들여서 꽃을 피운 것, 그게 바로 그 무꽃이다. 아주 연한 보랏빛 무꽃.

어른이 되어 살림을 하면서도 나는 무 반찬을 할 때마다 무꽁다리는 쉬 버리지 못한다. 지금도 우리 집 부엌 창가에는 무꽃대가 쑥 올라와서 봉오리를 올망졸망 달고 있다. 아마 내일쯤이면 연보랏빛 고운 무꽃이 수줍은 듯이 피어나겠지.

그런데 참! 이렇게 예쁜 무순이 자라기 시작하면 무는 바람이 들어서 맛이 없어진다. 무나물을 볶아 놓아도 싱겁고, 생채를 해 놓아도 나무토막을 씹는 것처럼 뻣뻣하고 단물도 없다. 꺽꺽 씹히는 것이 정말 아무 맛대가리도 없는 거다. 씹을 때마다 물이 찰방찰방 나와야 시원한 무생채 맛이지. 볶아 놓으면 달큰한 맛이 나야 무나물이지. 이걸 해 놓아도 저걸 해 놓아도 봄 무는 싱겁기만 하다. 그래서 그런 말이 나왔을까. 우리 엄마는 오빠들이 가끔 우스개를 하면 빙긋이 웃으면서 그러신다.

"사월 무시겉이 싱겁기는!"

사월 무시. 참 싱겁고 맛이 없는 것이 싹 나고 바람 든 봄 무다. 그때가 사월쯤이었던지 사월 무시라고 그러시데. 그렇게 무가 싱거워지면 버릴 수는 없고, 그때부터는 우리 식구들이랑 소랑 나눠 먹었다. 소죽에다 무를 어슷어슷 삐져 넣어서 끓여 놓으면 소는 잘도 먹어 준다. 겨우내 마른 짚여물 죽만 먹었으니 겨우내 잊고 있었던 채소 맛을 소도 제대로 아는 게지. 여물통을 아주 싹싹 핥아 가면서 한참 맛나게 먹고는 되새김질까지 해 댄다.

참, 글마들은 사월 무시도 안 싱겁은 갑더라.

섣달받이 두 두름이면

"엄마아아아, 장에 갔다 벌써 오셨어예?"

튕기듯이 달려 나가 엄마 손 한 번 보고 장독대 울바자 위까지 뚤레뚤레 살펴봐도 아무것도 없네. 엄마가 이고 온 크고 큰 고무 대야엔 눈알 탱글탱글한 명태만 가득.

"명태만 사고! 가을하면 운동화 사 준다 했으면서!"

막내가 엄마 호주머니까지 뒤집어 보며 불퉁거려도 엄마는 눈대답 할 힘도 없다. 마중물만 한 바가지 펌프에 부어 힘껏 자아서는, 막 자아 올린 물 한 바가지 한숨에 벌컥벌컥. 휘유우우 큰 숨 한 번 쉬고, 칼 도마 챙겨다 발치에 놓고 나서야 겨우 입을 떼신다.

"섣달받이라 속도 알차. 어찌 무겁던지. 장배기가 없는 거 겉다."

고무 대야 끌어다 우르르르 쏟아 놓으니 새밋가가 그득그득.

"이걸 우예 다 이고 왔습니꺼?"

간밤에도 엄마는 졸린 눈 부비며 콩을 골랐지. 몇 며칠 밤 오일장 기다리며 쭉정이 골라내고 모나고 깨진 콩이며 썩은 팥알을 가렸다. 깨끗이 손질해 뒀던 깨도 한 번 더 까불러 올찬 것만 담아 자루에 담고 콩자루 팥자루 깻자루 올망졸망 머리에 이고 가서 명태 두 두름 사 온 것이다. 봄부터 가을까지 뜨거운 볕 쏟아지는 긴긴 이랑에 엎드려 풀이랑 벌레랑 싸우며 애면글면 기른 것들. 새끼겉이 정성 들여 키운 알곡 내다가 바닷가 명태로 바꿔 왔다.

"명태 만진 손 씻은 물로 사흘 국 끓인다 칸다. 이거 두 두름이면 한 해 나지럴."

퉁퉁거리던 막내는 앉은뱅이 썰매 들고 달려 나가 버리고.

"야야, 양재기 댓 개 여어다 갖다 놔라."

나는 양재기 주루룩 한 줄로 놓고 엄마 옆에 앉았다. 엄마는 볕도 벌써 지나간 새밋가에서 슥 스윽 명태 손질을 시작한다.

"아가미 다듬어 서거리깍두기 담아설랑 할매 드리고."

힘 하나 없어 보이던 엄마는 어느새 흥얼흥얼 흥얼흥얼 하면서 아가미 뜯어 양재기에 툭 담는다. 그래, 할매는 서거리깍두기 좋아하시지. 우리 할매는 귀새미젓도 잘 드셨다.

"이넘들 모아 명란젓 담아 놓으면 새 손 올 때마다 귀하게 쓰지."

이번에는 곤이 터지지 않게 살살 떼어 옆에 양재기에 놓는다.

'강 건너 새아재 오시면 명란젓 먹겠네.'

나도 모르게 입안 가득 고이는 침을 꼴깍 삼킨다.

'고춧가루 조금 넣고 참기름 한 방울 떨어뜨려 살살……'

입에 살살 녹는 명란젓은 생각만 해도 기분이 좋다.

"애는 애는 할매 눈 침침하니 할매 드리고요오오."

물컹한 애를 떼어 또 다른 양재기에 살살 놓으면서 흥얼흥얼.

"고지는 맑은 탕 끓여 오늘 저녁 너거들 아버지 디리고요."

"우리 장한 아들들 오면 창난젓은 또 얼매나 달게 자시겠노오."

한참 동안 새밋가에서는 엄마 칼 도마 소리 그리고 끊어질 듯 이어지는 흥얼흥얼 타령 소리, 들어도 들어도 싫지 않은 노랫가락 같은 엄마 소리. 엄마는 마당을 가로질러 매어 놓은 기다란 빨랫줄에 제 속을 다 내놓고 홀쭉해진 명태를 매단다.

나도 콩당콩당 쫓아다니며 코 꿴 명태를 갖다 나른다. 한 마리 두 마리 세 마리……. 바람에 펄럭대던 빨래 대신 명태가 주렁주렁. 명태 두 두름, 마흔 마리가 한 줄로 나란히 빨랫줄에 매달렸다.

"명태가 하늘로 날아가는 거 같지예?"

"아니 아니, 바다로 뛰어드는 것 같네예."

바닷물처럼 새파란 겨울 하늘, 그 속으로 명태 마흔 마리가 줄지어 퐁당퐁당 뛰어들 것만 같았다.

추운 겨울 눈 내리는 밤 명태는 코 꿰인 채 꽁꽁 얼었다가 아침이면 햇살 받아 하얗게 반짝거린다. 찬바람 부는 밤이면 또다시 뻐덩뻐덩 얼었다가 햇살 퍼지는 한낮엔 살짝 녹았다가.

명태는 겨우내 시린 하늘만 올려다보며 시나브로 시나브로 말라서 북어가 되어 갔다.

"고모할매 집에 새 손 청했다."

엄마가 밥 안쳐 놓고 마당으로 나가더니 꾸덕꾸덕한 명태 한 마리를 떼어 왔다. 왕고모 댁에 새 손이 오셨다더니 저녁 먹으러 오시라 했던 게지.

'저녁엔 달콤 짭조름한 코다리조림 먹겠네.'

밥솥에 불을 지피고 있자니 양념장 조려지는 소리가 자글자글. 군침 가득 도는 입만 아니라 귀까지 벙싯벙싯해진다.

"청도 할매 객구 들어 영 밥맛이 없다 하시네. 이거 좀 갖다 드려라."

조그만 종지에 서거리깍두기를 담아 주신다.

"청도 할매는 이도 없는데 이거 우째 썹어 드시라고예?"

"이 없어도 한참 입에 넣고 우물거리면 단맛이 나. 그거 한 술이면 입맛이 돈다 카시더라."

서거리깍두기 한 종지 들고 달려 나가는 막내를 보고 엄마가 웃는다.

"절마는 뭣이든지 어데든지 갖다 줄 때는 팽댕이맨치로 날래."

"야야, 이거 살살 보드랍게 찢어 봐라."

물 꼭 짠 행주에 북어를 싸서 방망이로 톡톡 두드려 건네주
신다. 간밤에 아버지가 술을 많이 드셨지. 대가리는 따로 떼어
노끈에 꿰어 매달면서 잊지 않고 한마디 더 보탠다.

"잔뼈 안 들어가게 살살 잘 찢어서 보풀려라."

북어 보푸라기 만들 때마다 엄마가 잊지 않고 하는 말이지.

"껍질에 붙은 것도 잘 떼고! 껍질은 다 모아서 저기 마른 독
에 갖다 넣고."

이 말도 이젠 안 해도 다 안다. 껍질이 제법 모이면 도시락 반
찬으로 넣어 주겠지? 달큰하고 고소한 북어껍질무침, 벌써부
터 침이 가득 고인다.

할아버지 제사상에도 올리고, "할매 편찮으신데 이거라도
해 드리까?" 할매 잘 드시는 북어찜 해서 드리고, 오빠가 지네
한테 물렸다고 한 마리 빼서 달여 주고, 누렁이 새끼 낳았으니
대가리 떼 놓았던 것 푹 끓여 주고, 할매 감기 몸살에 미역장

국 끓인다고 한 마리 떼어 내고, 작은아버지 좋아하는 북어떡국 끓이느라 또 한 마리, 새아재 오신 날 보드라운 보푸라기무침 해서 내고……

하늘을 보고 매달렸던 북어는 그렇게 하나하나 줄어든다.

추운 겨울 지나고 봄이 오자 엄마는 짚단에 불을 붙여 마른 독에 넣고 몇 번 스윽 슥 돌리고는 단단히 말했다.

"이거는 잘 두었다가 너거 아버지 속 달래 드리고!"

새파란 하늘로 금방이라도 날아들 것 같던 명태는 쪼글하니 빳빳하게 말라 캄캄한 독으로 들어간다. 차곡차곡 북어 넣느라 독 안으로 빠질 듯이 구부린 엄마 등허리, 그 등허리가 말을 하지.

'열댓이나 되는 식구 저 어깨에 지고 혼자 저토록 고달픈 너거 아버지, 나는 장사를 해 볼 용기도 없고 힘도 없어 그 짐 나눠 지지도 못하고. 내 할 일은 이거뿐이다.'

아버지 술 많이 마신 다음 날, 북어 토닥토닥 두드리며 쏟아 내시던 그 말이 또 다시 저 구부린 등허리에서 들린다. 눈가에 핑 도는 눈물 재빨리 쓱 닦고 나도 모르게 소리쳤다.

"명태가 하늘로 날아가지도 못하고 우리가 다 먹어 버렸네."

"내한테는 너거들이 하늘이나 똑같다. 너거 입에 들어간 기 바로 하늘로 간 거다."

장독 뚜껑을 닦으면서 덤덤하게 던지는 엄마 말에 얼마나 설레던지. 온몸이 둥실둥실 하늘을 나는 듯 들렁들렁.

시키지도 않은 걸레질을 하며 내내 흥얼흥얼거렸다.

"명태가 하늘로 날아갔대요오오오오, 우리 입으로 다아 다아 들어갔대요오오오오."

국수

이 집 저 집에서 밀 가마를 실어 내 오고, 대소쿠리를 도랑물에 담가 놓고 밀을 퍼부어 씻으면 도랑가는 잔칫집 안마당 같다.

"아따 그 집 밀 좋네. 참 실하데이!"

"형님은 국시를 그마이나 합니꺼? 식구도 안 많은데."

"우리야 싸 주는 데가 안 많나. 집에 식구야 얼매나 묵어서."

"그래, 싸 나가는 기 축이 많이 난데이."

"아이구 야야, 밀 다 넘는다. 소쿠리 쪼매 들고 해라."

"아이구 안 되겠다. 너거는 저리 올라가서 저어 저 달구새끼 나 좀 쫓아라. 밀 덕석 다 까래비 낸다."

모내기 끝날 때까지 고요하던 도랑가가 시끌벅적해지면서 아지매들이나 할매들이 도랑가로 이렇게 다 나오니 우리 아이들도 무슨 잔치나 열리는 것처럼 신나고 재밌다. 도랑을 따라 큰길에 덕석이 쭉 깔리고, 깨끗이 씻은 밀을 펴 말리면 길가가 바알갛다. 우리는 이 덕석 저 덕석을 다니며 닭도 쫓고, 고루 마르도록 당그래를 들고 다니며 한 번씩 뒤섞어 주기도 하면서 온종일 거기서 산다.

밀 덕석을 지키는 일이야 심심하고 지겨운 일이지만 도랑가를 오르락내리락거리면서 아지매들이 까르륵거리며 주고받는 이야기를 듣는 것이 참 재미있었다. 모두 안 듣는 척, 멀찌감치서 한쪽 귀를 쫑긋 세우고 주워들었다.

"너거는 새살림에 뭔 국시를 그래 많이 하노?"

"저 집이는 신랑이 국시를 그래 좋아한다네."

"국시 묵고도 그래 힘이 좋나?"

"아이구 국시 그거는 묵을 때뿐이지. 돌아서면 배가 고파지는데 힘은 무슨 힘."

"신랑 힘이 좋으이 새댁이 맨날 저래 빵실빵실하다 아이가."

"아이구, 형님은 무슨."

식이 아재 집 새댁이 얼굴이 빨개지면 도랑가가 또 한 번 까
르륵거리고 넘어간다.

"아이고, 그라마 우리 영감도 맨날 국시나 믹이 보까?"

"아무나 국시 묵고 힘 쓸라꼬예? 그것도 이 짝이 좋아야 힘
을 쓰고 싶지."

"저넘으 여편네 봐라. 그라마 내 인물이 빠져서 우리 영감이
힘 못 쓴다 말이가?"

"모르지, 그거야. 그 집 영감만 알제."

"아이고, 그기사 인물 갖고는 모르지. 그라머. 아무도 모르
지."

"하기는. 저어 저 숭실떠기 아랫방에 경우 각시 봐라. 그기
인물이가? 그래도 싸나 몇 놈을 후려잡고 사노? 인물이야
어데 내놓을 인물이가 어데."

어쩐지 부끄럽기도 하고, 무슨 말인지 알아들을 것 같기도
하고 아닌 것 같기도 했지만 그래도 우리는 그 언저리를 돌면

서 놀기를 좋아했다. 밀 덕석을 지키다 씻어 놓은 밀을 한입 넣고 꼭꼭 씹어서 껌을 만들면서 쨍쨍 내리쬐는 볕이 더운 줄도 몰랐다.

입안 가득 밀을 넣고 씹으면 밀기울이 고인다. 그걸 여러 번 뱉어 내다 보면 어느새 하얀 껌이 되어 있었다. 그런데 그 밀껌은 입을 잠시라도 놀리면 그걸로 끝이다. 쉬지 않고 씹어야 쫄깃거리는 껌이 되지, 이야기라도 한다고 씹는 걸 잠깐이라도 멈추면 그만 흐물흐물 풀려서 아기들 암죽같이 되어 가지고 목으로 넘어가 버리고 만다. 그렇게 망치고 나면 다시 밀을 한 움큼 쓸어 넣고 껌을 만들곤 했다.

집집이 밀을 씻어 말리고 나면 장마가 오기 전에 국수를 뽑는다. 먼저 동네에 하나밖에 없는 방앗간에서 음력 날짜며, 밤하늘에 달을 보면서 손가락을 짚어 가며 국수 뽑는 날을 정했다. 국수를 말리는데 비라도 오면 큰일이니까. 또 며칠 내리 볕이 좋을 때 국수를 말리고 갈무리를 해 넣어야 곰팡내도 나지 않고 꺼내 먹을 때마다 까실까실 잘 마른 국수를 먹을 수 있으니까. 해마다 날을 잘 잡아 국수를 뽑는 것도 큰일이었다.

국수 뽑는 날이 되면 아침부터 분주하다. 엄마는 물에 적셔 놓은 짚을 곱게 추려서 한 움큼 묶어 두고, 모아 두었던 돌가루 종이도 알맞게 잘라서 국수 쌀 준비를 했다.

새벽부터 방앗간에는 밀가루를 빻느라 요란하게 기계가 돌아가고, 방앗간 집 둘째 아들이 물을 길어다 소금을 바가지로 퍼서 녹였다. 나중에 그 집 아지매가 나와서 간을 보았다. 아지매는 뭐라 뭐라 하면서 소금을 더 집어넣든가 물을 더 퍼 넣었다. 간이 다 맞추어지면 먼저 온 집 밀가루를 반죽한다. 반죽을 잘해야 국수가 쫀득쫀득하게 면발이 좋다지. 그래서 국수 반죽은 일꾼들한테 맡기지 않고 꼭 방앗간 아재나 아지매가 손수 했다. 국수 뽑는 기계에 반죽을 닦아 넣고 여러 번 아래로 뽑아내는데 참 희한하다. 우리들은 그 옆에서 넓적하게 나오는 반죽을 한 쪽 떼어 먹느라 손을 찰싹찰싹 맞아 가면서도 여기저기서 손을 쑥쑥 내밀었다.

"생가리 마이 묵고 배앓이할라꼬 그라나, 저리 안 가나 고마."

"절마들 저래 쌓다가 손가락 딸리 들어간데이. 아아들 저리 쫓아라."

기계 소리 때문에 다들 목소리는 있는 대로 높이지만 그렇게 짜증을 내거나 야단을 치는 목소리는 아니다. 아이들도 그런 어른들을 아니까 손을 한 대씩 맞아도 그저 손을 불쑥불쑥 내밀어 한 쪽씩 떼어 달아나곤 했다. 짭조름한 밀가루 반죽이 어쩌면 그렇게 맛있던지.

그렇게 몇 번을 더 넣어서 국수 가락을 뽑는다. 하얀 국수를 기다랗게 뽑아서 어른 팔뚝 길이만 한 꼬챙이에 착 받아서 자르는 솜씨가 얼마나 놀랍던지. 방앗간 바깥마당에 국수 꼬챙이를 착착 갖다 너는데 어쩌면 그렇게 길이가 고르던지. 보는 것마다 그저 놀랍고 놀라울 뿐이다.

굳이 자기 국수를 지키지 않아도 어디서 어디까지인지 모를 리도 없건만 우리는 국수가 다 마를 때까지 그 마당을 떠나지 않았다. 어른들이 누구네 집 거 몇 꼬챙이, 누구네는 몇 꼬챙이라 다 세어 놓았건만 우리는 늘 '우리 국수' 곁을 지키고 놀았다. 아침부터 그렇게 바쁘고 시끌벅적한 마당이 우리한테는 좋은 놀이터였다.

점심때 방앗간 집 며느리가 미꾸래이국에다 국수를 한 그릇씩 말아 주었는데 그걸 얻어먹는 맛도 빼놓을 수 없었다. 어른들만 한 그릇씩 주는데, 엄마들이 아이들을 옆에 두고 그저 먹을 수가 있겠나. 엄마 옆에서 한 젓가락씩 받아먹다가 "자아. 인자 니 다 묵어라" 하고 그릇째 넘겨주면 남은 국물까지 싹 비우던 그때 그 국수 맛은 으뜸 중에 으뜸이지.

점심도 그렇게 때우고 국수 뽑는 일이 끝나면 이제 국수가 바싹 마를 때까지 한참은 마당이 고요해진다. 나는 우리 국수 발 아래 신문지를 깔고 누웠는 게 참 좋았다. 하얀 국수 발 사이로 햇살이 눈부시게 부서지는 거며, 촘촘하게 고르게 드리워진 하얀 국수 발 너머로 보이는 하늘빛도 참 곱지. 파랗게 팔락거리는 감나무 잎도 하얀 국수 발 사이로 볼 때는 또 새로웠다. 옆에 따라 누운 동생 얼굴에 실오라기 같은 그림자가 촘촘히 드리운 것도 재미있었다. 잠깐 누웠다가 바닥을 보면 어쩌다 끊어진 국수 발이 쪼르륵 흘러내려 동그랗게 또아리처럼 말려 있었다. 그것들을 주워다 한쪽에 신문지 펴서 말리기도 하고, 고걸 한 가락씩 입안에 넣고 씹으면서 눈을 감고 누우면 그 고요한 시간이 참 좋았지. 하얀 너울을 드리운 신부가 된 것 같기도 하고, 하얗게 펼쳐진 꿈길을 거니는 것 같기도 했다.

그렇게 한가롭고 평화로운 시간이 잠깐 지나면 국수 마당은 다시 시끄러워진다. 볕살이 옅어지기 전에 국수를 썰어 갈무리 해야 눅눅해지지 않기 때문이다. 방앗간 집 아재와 아지매의 놀라운 손놀림이 또 나올 때다. 아지매가 곱게 추려 놓은 짚을 한 오라기씩 척척척 놓고 길쭉하게 잘라다 놓은 돌가루 종이를 그 위에다 착착 놓는데 정말 손이 귀신같이 빨랐다. 아재가 국수 꼬챙이를 대강 슬슬 걷어다 판 위에다 처억 갖다 놓은 것 같은데 어쩌면 국수 다발이 그렇게 고른지. 거기다 종이를 위로 걷어 올려 싸면서 짚오라기를 뺑 틀어 묶는데 그것도 어찌나 빠르고 단단하게 묶던지. 아재가 크고 넓적한 칼을 올려놓고 한 번 쓰륵 하고 힘을 주면 국수 다발이 하나씩 생기지. 두 분 솜씨는 정말 볼 때마다 입이 벌어지는 거다. 그걸 보고 집에서 흉내도 내 보고 짚으로 빨리 묶는 걸 따라 해 보고 했지만 그게 어디 쉬운 일인가. 나도 커서 국수 기술자가 되어서 국숫집 한다고 했다가 오빠한테 쥐어박히기도 하고 그때마다 놀림감이 되기도 했지만, 국수 철이면 나는 또 그렇게 국수 기술자가 된다고 다짐하곤 했다.

국수를 다 하면 소쿠리에, 더러는 종이 포대에 차곡차곡 담아 집으로 이어다 나른다. 머리마다 무겁게 국수를 이고 가는 어른들 얼굴은 조심스럽지만 가을 추수를 했을 때만큼이나

푸근하고 넉넉해 보였다. 국수를 마른 독에다 차곡차곡 넣고,
엄마는 두세 다발씩 심부름을 보냈다. 자식도 없이 혼자 어렵
게 사는 앞집 청도 할매는 이웃에서 그렇게 보내 주는 것으로
여름 끼니를 이었다. 청석골 함목 할매 댁에도 두어 다발 갖다
드렸지. 머리카락이 귀 뒤에만 몇 올 남아서 하얗게 센 함목 할
배가 문만 열고 내다보면서 묻는다.

"벌씨로 국시 할 때가?"

"예에. 햇끼라꼬 할배 한 그릇 드시 보라꼬예."

"그래, 니가 누고?"

"……."

"저 영감쟁이. 올 때마다 묻는다 아이가. 기팔떠기 손녀 아
이가."

갈 때마다 "니가 누고?" 하고 묻는 할배지만 나는 그 댁에
심부름 가는 것이 참 좋았다. 할배 할매만 사는 집이지만 그
댁은 어쩐지 참 따뜻했다. 큰 바위가 가파르게 언덕을 이루고
있어 어렵게 올라 다니는 길이지만 그 댁에 제삿밥을 이고 가
는 것이나, 국수 심부름을 가는 것이 힘들지가 않았다.

"아이구 참산띠기 양님딸. 어데서 이런 기 늦게 하나 나왔던

공?"

"지 오매를 닮아서 이래 손끝도 야물지."

"나이도 어린 기 얼매나 엽렵한지."

볼 때마다 그렇게 내 엉덩이를 툭툭 두드려 주시던 함목 할매 때문인지도 모른다. 그렇게 서너 집을 돌고 나면 국수 한 포대는 금방 쑤욱 내려갔다.

마른 독에 가득 채워 놓은 국수는 여름을 나고 이듬해까지 이어 먹는다. 우리들이야 국수가 질린다고 타박도 하고 어깃장도 놓아 보지만 엄마는 정말로 국수를 좋아하는 사람처럼 국수를 드셨다. 한 끼라도 쌀을 늘려 먹어야 하는 사정을 모르던 나는 그저 엄마가 국수를 참 좋아한다고만 여겼지. 중학생이 되고 좀 커서야 엄마가 한 끼라도 늘려 먹겠다고 그 긴 여름 한나절을 국수로 때우신다는 걸 알았다.

땅거미가 지고 어둑할 때까지 밭을 매고 들어오셔서도 장물만 한 술 풀어 넣고 신 김치를 올려 가며 국수 한 그릇을 치우셨다.

"밥이 어중간해서."

"이래 입에 단내가 나고 될 때는 국시가 더 잘 넘어가서."

말로야 그러셨지만, 식구들 밥을 다 챙겨 주고 모자라니 내 먹겠다고 또 새 밥을 못 하고 그냥 국수 한 그릇으로 한 끼를 때우신 걸, 그러나 그때는 생각도 못 했다.

우리가 먹기 싫다 남긴 국수가 하룻밤 자면서 어찌나 퍼졌던지 젓가락으로 도저히 집을 수가 없어 숟가락으로 겨우 떠 넣으시는 걸 보면서, 식구들이 말아 먹다 남은 국수가 쉬어 버린 걸 찬물에 한 번 더 헹궈서 또 말아 드시는 것을 보면서 난 차츰 엄마 앞에서 국수 맛없단 말을 할 수가 없었다.

시집와서 내 손으로 살림을 하면서 가끔 국수를 끓여 먹을 때가 있다. 아이들 잘 먹으라고 가지가지 꾸미를 만들어 올려 주다 울컥 눈물이 치솟는다. 부뚜막에 앉은 채로 장물만 한 숟가락 타서 국수를 말아 드시던 엄마가 눈에 밟혀서 차마 그 색색깔 야단스런 꾸미를 다 올릴 수가 없다.

'이걸 무슨 맛으로 먹노? 국수 한 다발 몇 푼 한다고.'

그러면서 하룻밤 재워 푹 퍼져서 정말 밀가루 냄새까지 나는 그 퍼진 국수를 버리려다가도 마음을 고쳐먹는다. 쉬어 빠진 국수도 버리지 못하고 찬물에 헹궈 드시던 엄마가 하시던 그 말이 귓가에 울려서.

"누가 밥을 맛으로 묵나?"

소주 내리던 날

"이기 와 이렇노?"

행주를 들고 광에 들어간 엄마가 외마디소리를 지른다.

'쥐란 놈이 또 뭔 짓을 저질러 놓았나?'

"이기 벌씨로 이러키 넘을 때가 아인데……."

껌껌한 광에서 독아지를 붙잡고 애달파하는 소리가 온 마당에 퍼져 나와서 우리도 눈이 둥그레졌지.

"와아, 맛이 변했나?"

장독을 닦고 있던 고모가 놀라서 달려가고, 뭔가 일이 생겼구나 싶어 마당에서 땅따먹기를 하던 우리도 땅갑지를 던지고 어둑한 광으로 들어간다.

　엄마는 여전히 깊은 독을 들여다보면서 애를 태우고 있네.

　"갱물이 넘었던강?"

　"묵던 거를 도로 부었던강?"

　고모까지 들여다보고 안타까워서 어쩔 줄을 모른다.

　"이래 마이 남았는데 이거를 우야노?"

　보리타작할 때 쓴다고 담근 술이 맛이 살짝 넘었다는 거다.

　"작기 남은 것도 아인데 이거를 우야노?"

　엄마는 했던 말을 또 하고 또 하면서 독을 놓을 줄 모른다.

　"안즉 타작마당에 북데기도 다 안 치았는데……."

　"이기 이래 먼저 가서 우야노?"

　듣고 보니 엄마가 저리 낙담을 할 만도 하다. 타작마당에 북데기도 덜 치웠으니 아직 큰 일꾼들 할 일이 많다는 얘기니까.

　보리타작을 했다고 일이 끝이 아니다. 북데기 치우고 보리 널어 말리고 그깐 자잘한 일이야 엄마랑 식구들이 밤낮으로 붙어서 조금씩 하면 언젠가 끝나지만, 농사일이란 게 그렇게 두고두고 우리 시간 날 때 조금씩 해도 될 일만 있는 게 아니거든. 남의 일손을 빌려서라도 때를 놓치지 않고 해야 할 일이 많다. 어서 타작마당을 치우고 논에 물을 실었다가 갈아엎고 모낼 준비를 하는 거며, 논을 다루고, 모도 내고. 그런 큰일이 많이 남았다는 건 술도 그만치 있어야 된다는 말이고. 그런데 벌써 술이 넘어서 맛이 살째기 간 듯하니 그 일이 어디 작은 일이겠나. 무엇보다 엄마는 술, 그 술이 정말 아까운 거다. 그 술이 어디 보통 정성으로 되는 일이어야지.

집안에 큰일이 다가오면 엄마는 커다란 사구에다 하얀 쌀을 가득 담았다. 할머니 밥에도 아버지 밥에도 푹푹 못 넣던 그 흰쌀을 말이지. 해마다 큰 농사철이 다가올 때도 늘 하는 일이라 우리도 벌써 눈치를 채는 거지. 쌀을 불려서 조리로 살살 일어 소쿠리에 건지면 우린 엄마 옆에 달라붙어 앉지. 불린 쌀을 입에 조금씩 넣고 꼭꼭 씹는 그 맛이 참 좋거든. 그것보다 꼬들꼬들하게 쪄 놓은 꼬두밥을 생각하면 밖에 나가 노는 것도 심드렁해지지.

"엄마, 제가 불 때까예?"

엄마가 솥에다 겅그레를 놓고 베 보자기를 깔면 난 벌써 짚단을 안아다 놓고 아궁이에 불까지 지핀다. 어디 나만 그래? 엄마가 베 보자기를 깔고 쌀을 고루 펴 놓고 솥뚜껑을 닫으면 우리 동생은 잽싸게 솥전에 늘어진 보자기 귀퉁이를 뚜껑 위로 하나하나 잡아 올렸다. 둘이서 엄마를 졸졸 따라다니며 그렇게 간살을 떨어 대는 거지.

"저리 가라 고마. 가서 물어라 카는 쥐나 물어라."

발끝에 채이기만 하는 우릴 쫓아내려 하지만 그렇게 무섭게 화를 내시지는 않았다.

솥에서 김이 쐬엑 쐬에엑 나면 쌀 익는 구수한 그 내음이 정말 좋았다. 솥전에 퍼지는 김을 따라다니며 눈을 살째기 내려 감고 콧구멍을 벌름벌름 "흐음 흐흐음." 하며 마구 얼굴을 갖다 대곤 했지. 그러다 김이 화악 얼굴에 덮치면 '앗 뜨거라.' 하고 뒤로 물러났다가 얼굴에 서린 물기를 손바닥으로 스윽 닦고는 또 그 짓을 했다.

그렇게 장난을 치면서 꼬두밥을 찔 동안 고모랑 엄마는 내내 바쁘게 동동거린다. 고모는 돌돌 말아 세워 두었던 돗자리를 꺼내다 마루에 깔고 깨끗한 행주로 몇 번이나 닦는다. 갓 쪄낸 꼬두밥에 한 김이 나가도록 자리에 넓게 펴 두어야 하니까.

엄마는 말려 둔 누룩을 방앗고에 넣고 툭툭 빻아서 물에 담가 놓고. 장독대에 엎어 두었던 독을 새밋가로 끌어다가 몇 번이나 씻고 또 씻어서 물기를 가시고 마른 수건으로 닦고 또 닦았다. 갱물이 들어가면 술이 괴어 넘친다나.

그런데 말이지. 다른 때는 불을 켜 놓고 저녁을 먹게 되면 엄마가 늘 야단을 치셨더랬지. 밝을 때 저녁 먹고 들앉아야지, 어둡도록 떨거덕거리고 설거지한다고. 그렇지만 해마다 철마다 술을 빚는 날은 왜 그렇게 늘 다 늦은 저녁때가 되어서야 일을 시작하는지. 좀 일찌감치 쌀을 담그고 서둘러도 될 텐데. 오후에 느지막이 쌀을 담그고 불을 때서 꼬두밥을 찌고 나면 꼭 늦은 저녁 시간이 돼 버렸다.

늦은 저녁을 먹고 고모가 설거지를 할 동안 엄마는 물에 불려 놓은 누룩을 주물렀다. 누룩이 물에 잘 풀리도록 바락바락 한참. 이걸 식혀 놓은 꼬두밥과 잘 섞어 독에다 퍼 담고 한지를 끊어다 두어 겹 덮은 다음 고무줄로 탱탱하게 묶어서 독 뚜껑을 덮는다. 구들목에 놓고 한이불을 꺼내다 잘 두르고 나면 우리 모두 잠자리에 들었다.

동동주가 되든가 막걸리가 되든가는 바로 이때 정해진다. 누룩을 바라바락 잘 주물러 건덕지를 꼭 짜 가지고 맑은 물만 따라 꼬두밥에 안쳐서 술을 익히면 밥알이 동동 뜨는 동동주가 됐다. 누룩을 거르지 않고 꼬두밥이랑 한데 섞어서 술을 익혔다가 다 익은 다음에 짜서 거르면 막걸리가 되는 거였다. 그런데 그때 우리 동네 어른들은 동동주보다 막걸리를 더 많이 드셨다. "동동주는 깨끗한 기 때깔은 좋은데 근기도 없고 싱거워서……." 그러셨지. 동동주는 잔치 때나 명절 때 손님상에나 올렸다.

동동주든 막걸리든 그렇게 쌀 아끼지 않고 한 독 익혀 놓으면 농사일이 다 끝날 때까지 조금씩 내다 썼다. 그런데 그렇게 귀한 술이 넘어서 맛이 갔으니, 엄마가 어쩔 줄 모르고 애가 탈 수밖에.

"이래 많은 거를 다아 초를 담을 수도 없고."

엄마는 종지에 조금 떠내서 맛을 보고 또 보면서 애를 태운다.

"언니야, 그래도 아쉬운따나 아직까지는 먹을 만하겠는데."

고모도 손가락에 술을 찍었던지 손가락을 빨면서 마당으로 나온다. 고모도 속이 상하긴 마찬가지지.

"오늘 하루에 다 없애면 몰라도……."

"그래된 거는 하루가 다르기 맛이 빈해서 못 잡는다."

엄마는 장독간에 올라가 촛병을 이것저것 흔들어 본다.

"초도 안즉 많아서 안 되겠다."

"애기는 밀가루 한 사발만 좀 개 봐라."

영 안 되겠다고 마음을 먹었는지 엄마는 장독간에서 나오면서 고모한테 그러시네. 속이 상해서 어쩔 줄 모르던 엄마는 인제 무슨 생각을 한 건지 바로 정짓간을 돌아 뒤꼍으로 가더니 안 쓰고 덮어 두었던 바깥 아궁이를 치우기 시작한다. 덮어 두었던 큰솥을 내다 걸고, 물을 퍼다 부어 씻어 내고 마른행주로 닦고, 광으로 가서 술독을 조심조심 끌고 나올 때까지 엄마는 말 한마디 없다. 그저 그렇게 몸만 바쁘게 움직인다.

엄마가 아무 말도 안 하고 몸만 움직이니 갑자기 다같이 바빠지고 다 같이 입을 꾹 다물고 몸만 움직였다.

"야야, 바깥마당에 깻대 좀 안고 온나."

"아가, 밀가루는 되직하이 개야 된데이."

이렇게 딱 두 마디만 했는데도 동생도 깻대를 서너 꼽쟁이나 되게 안아다 나르면서 썩썩거린다.

"누부야, 불 때서 뭐 할 낀데?"

갑자기 심각해진 분위기에 아무 말 않고 깻대를 안고 쫓아다니면서도 뭔 일을 할 건지 궁금한 거지.

"소주 내릴랑갑다."

그새 고모는 밀가루를 다 개었는지 엄마가 끌고 나오는 술독을 같이 들어다 놓고 있다. 엄마가 깨끗이 씻은 솥에다 맛이 넘은 술을 안칠 동안 고모는 정짓간으로 들어가더니 커다란 보시기를 들고 나와 술을 떠 놓은 솥 안에다 반듯하게 놓았다. 그러는 동안 우리도 불을 지펴서 불을 때기 시작한다.

고모가 놓은 보시기를 엄마가 요리조리 다시 놓아 보더니 딱 한가운데를 맞추어 꼭꼭 눌러 앉혔다. 보시기가 잘 앉았다 싶은지 엄마는 솥뚜껑을 깨끗하게 닦고 또 닦더니 이번에는 손잡이가 솥 안으로 들어가도록 뚜껑을 뒤집어서 덮는다.

엄마가 아무 말도 안 했는데도 고모가 되직하게 개어 놓은 밀가루 반죽을 들고 오더니 솥뚜껑을 삥 돌아가면서 재빨리 발랐다. 김이 새지 않게 솥뚜껑을 붙이는 거다. 엄마가 새미에서 막 퍼 온 찬물을 솥뚜껑 오목한 데다 한 바가지 부었다.

이제 불을 잘 땔 일만 남았다. 그런데 내가 그렇게 생각하기 무섭게 엄마가 말했다.

"됐다. 인자 불은 애기가 때 봐라. 불땀이 너무 좋아도 안 되고 너무 사그라지기 때도 안 된데이."

아무래도 엄마는 내가 불 때는 것이 못 미더운 거지. 고모가 불을 땔 동안 엄마는 밀가루 반죽 그릇을 씻어 놓고 소주 받을 병도 챙겨다 놓는다. 그러면서도 때때로 솥뚜껑 위에 물을 살피면서 김이 서리나 어쩐가 보면서 자리를 못 뜨셨지.

행주를 깨끗이 빨아 솥전을 닦다가 고모한테 이른다.

"아가, 밑술이 끓어 넘으마 안 된데이."

아궁이를 들여다보다가 또 한마디.

"다 내릴 때까지 정신 들이 해야 되는 일이데이."

솥뚜껑 위에 물을 새로 갈아 놓으면서도 말한다.

"불이 너무 시머 끓어 넘어 안 되고 그렇다고 불이 너무 시들하며 술이 삭아 뿐데이."

엄마는 혼잣말처럼 끝없이 고모한테 주문을 거는 것 같았다. 그때 엄마는 정말 온 정신을 거기에 다 쏟아붓고 있는 듯했다.

솥뚜껑 위에 물을 몇 번이나 갈았을까, 시간이 얼마나 지났을까? 고모가 깻대를 더 대지 않고 불이 사그라들자 엄마가 과자처럼 바싹하게 익은 밀가루를 떼 내었다. 그걸 받아 분질러 입에 넣어 꼭꼭 씹어 먹는 재미도 좋았다. 가끔 사 먹어 보던 건빵만큼 고소하거나 달진 않았지만.

그런데 나는 그때나 지금이나 그 장면만 생각하면 우리 엄마가 참말로 귀신같다 싶다. 보이지도 않는 그 솥 안에서 보시기 가득하게 노르스름한 맑은 소주가 내려앉은 걸 어떻게 알 수 있었을까? 솥뚜껑을 거꾸로 놓아 그 오목한 자리에 찬물을 붓고, 솥 안에서 일어난 김이 식어 솥뚜껑 손잡이를 타고 보시기 안으로 뚝뚝뚝 떨어지는 그 방울들을 모아 소주 만들 생각을 어떻게 했을까? 그건 그렇다 치고, 어떻게 그렇게 시간을 딱 맞추어 솥뚜껑을 여느냐 말이지. 끓어 넘치지도 않게, 바닥에 눌어붙어 타지도 않게 때를 맞추어 불을 끄면 보시기 가득하게 소주가 담겨 있었거든.

노르스름한 빛을 띠는 맑은 소주를 깨끗이 씻어 말린 병에다 따라 붓고 다시 거르지 않은 전주를 솥에 안쳐서 소주를 내리고, 또 내리고. 맛이 넘은 술독을 모두 비울 때까지 몇 번을 하다 보니 저녁도 아주 늦은 저녁때가 되어 있었다.

이렇게 다 커서 술을 마시다가도 그때 그 그림이 가끔 떠오른다.

그 긴 시간 동안 온통 소주를 내리는 데만 마음을 쏟아붓던 우리 엄마. 그 옆에서 지겨운 내색 않고 하라는 대로 잔심부름을 다 하던 우리 막내 고모. 솥뚜껑을 열면 솥 한가운데 노르스름한 소주를 찰름찰름 담고 있던 보시기. 그 솥이 걸려 있던 우리 집 뒤꼍, 바로 옆에 자라고 있던 접시꽃, 장독간. 참 그립고 그리운 그림이다.

그리고 그때 엄마 옆에서 손가락 푹 담가서 맛을 보던, 갓 내린 그 소주 맛, 그 맛을 다시 어디서 만날 수 있을까?

꼬라재비

우리 어렸을 때는 단맛을 내는 것들이 참 귀했지. 잘 익은 과일을 먹을 때나 엿질금을 길러서 단술이라도 만들어야 단맛을 볼 수 있었다. 꿀이 있긴 했지만 하도 귀한 것이라 아플 때나 아주 귀한 손님이 오셨을 때만 겨우 구경할 뿐이고. 설탕도 지금처럼 흔하지도 않고, 값도 비싸서 손쉽게 쓰기는 어렵지. 단맛이 꼭 필요할 때는 조청을 고아서 두고두고 썼는데 그 조청 고는 일이 보통 손 많이 가는 일이 아니다.

그런데 그때, 사카린이라는 것이 나왔다. 반짝반짝 납작한 알갱이가 마름모꼴이었지. 깨알만 한 것이 유리 조각처럼 투명했다. 어쩌나 단지 알갱이 하나만 혓바닥 위에 올려놓아도 입 안이 한참 동안 달달했다. 욕심스럽게 서너 알을 넣으면 너무 달아서 오히려 쓸 정도였다. 깨알처럼 그렇게 작은 것이 꿀보다 달다고 이름도 '꿀아재비'라 했다. 우리는 꿀아재비, 꿀아재비, 꿀아재비 그러다가 나중에는 꼬라재비라고, 그래서 이름이 꼬라재비가 되어 버렸다.

이 꼬라재비 맛을 본 사람들이 아주 신이 났다. 밥숟가락에서 손으로 잡는 자루 쪽, 그 자루를 숟가락총이라 했다. 잴쪽한 숟가락총으로 한 번 폭 떠서 종이에 싸서 파는데, 이 원이었던가 오 원이었던가. 그렇게 사다 두면 제법 한참이나 먹을 수 있으니 온 동네 사람들이 꼬라재비, 꼬라재비 하게 된 것이다. 비싼 설탕 가까이도 가지 못하던 사람들이 아주 값싸면서 설탕보다 꿀보다 더 단것이 나왔으니 얼마나 반가웠겠나.

우리 동네 저기 한옆에 작은 교회가 있었다. 여름방학이면 여름 성경 학교를 열었는데, 그 여름 성경 학교에 가면 꼬라재비 단물을 줬다. 우물에서 길어 온 시원한 찬물을 양동이째 놓고 아이들을 불렀지. 꼬라재비를 엄지 검지로 한 번 콕 집어넣고 휘휘 저어서 줄 서서 기다리는 아이들한테 한 잔씩 건넸다. 시원하고 달달한 그 물을 얻어먹으려고 나도 옆집 동무랑 여름 성경 학교에 며칠 나가기도 했다. 동네 할매들이 "예수를 믿느니 너거 집 닭 똥구멍을 믿어라."고 야단을 치는데도 단물을 마시려고 줄 서 있는 아이들을 보면 자꾸 발걸음이 그쪽으로 가는 건 어쩔 수 없었다.

그 단물 맛을 잊지 못해 우리는 학교 우물을 들여다보면서도 중얼거렸다.

"이 새미에 꼬라재비를 한 숟가락만 넣으면 전부 다 단물이 되겠제? 와아, 우리 학교 아아들 다 먹어도 남을 건데, 그쟈?"

아이들만 그 단물에 빠진 게 아니었다. 나중에는 온 동네가 꼬라재비 맛에 빠져 버린 듯했다. 더운 여름날, 옆집 동아 아버지 목소리가 종종 들려온다.

"야아야 동아야, 저어 골각단 참새미 가서 물 한 바가지 퍼 온나. 꼬라재비 단물 한 사발 시원하이 마시 보자."

햇빛 뜨거운 한낮까지 땀에 흠뻑 젖도록 일하고 오신 뒤에는 그렇게 목소리가 두드러지게 컸다. 꼬라재비 단물, 담 너머 우리 집에서 그 말만 들어도 입에서 도리깨침이 절로 고였다.

동아 아버지만 그런 게 아니라, 동네 다른 어른들도 들에 나가 일을 하다가 목이 마르면 나무 그늘로 가 앉으면서 그러셨다.

"어여 가서 막걸리 좀 걸러 오너라. 막걸리 거를 때 꼬라재비 좀 낫게 넣어라 캐라. 아따, 그넘을 묵으마 곱새 겉은 허리도 펴진다 카데."

그러다 보니 더러는 꼬라재비를 무슨 약 내어놓듯이 했다. 어른들이 비지땀 흘리며 일하고 들어오면 먼저 꼬라재비 단물을 한 사발 타서 가져다 드리는 거지.

그뿐인가. 온갖 먹을거리에 꼬라재비를 썼다. 감자 삶고 옥수수를 삶을 때도 꼬라재비를 녹여서 넣었다. 그전에는 굵은 소금 몇 알만 집어넣고 삶아도 간간하게 맛있던 감자가 날이 갈수록 이 꼬라재비를 넣지 않으면 싱거워서 못 먹겠다고들 했다. 엄마들은 막걸리를 거르고 나면 술지게미에도 꼬라재비를 몇 알 넣고 쓱쓱 비벼서 둘러앉아 퍼먹었다.

박상을 튀기는 아재들도 꼬라재비 통을 가지고 다녔다. 그걸 안 넣으면 박상이 싱거워서 못 먹는다는 사람들이 자꾸 늘어났으니까. 미숫가루에도 타 먹고, 아이들 주전부리로 보리나 콩을 볶아 줄 때도 꼭 꼬라재비를 넣게 되었다. 보릿가루로 죽을 끓일 때도 꼬라재비가 빠지지 않았다.

아아참, 밀자반이라고 지금은 구경하기도 힘든 음식이 있었다. 밀을 물에 잘 불려서 팥도 한 줌 집어넣고 소금 조금 집어넣고 폭 삶아 주면 더없이 맛있는 주전부리였다. 입에 한 숟가락 떠 넣고 꼭꼭 씹으면 씹을수록 단물이 생겼다. 토실토실한 밀알이 입안에서 톡톡 씹히는 맛이 아직도 잊혀지지 않는다. 그런데 그 밀자반에도 어느새 꼬라재비가 들어가지 않으면 "무슨 맛으로 먹어?" 했다.

큰맘 먹고 해 먹는 여름 별미 중에 빵떡이라는 것도 있었다. 밀가루에 부풀기 술약을 넣고 반죽해 두었다가 솥에다 정그레를 놓고 베 보자기 깔고 반죽 펴서 찌면 커다랗게 부풀어 오른 빵떡이 되었다. 그거 한 덩이면 얼마나 든든했던지. 김이 폴폴 나는 빵떡을 받아 들면 후끈한 김이 얼굴에 확 퍼지는데 무더운 여름날인데도 그 김이 싫지가 않았다. 조금 시큼한 듯 번지는 술약 냄새도 오히려 입안 가득 침이 돌게 만들었다. 강낭콩이나 양대콩이라도 한 줌 삶아 넣고 쪘다면 고소하게 씹히는 콩 맛까지 더해져 정말 맛있는 여름 별미였다. 그런데 그 빵떡도 꼬라재비를 넣지 않으면 "에이, 싱거워!" 하게 된 것이다.

그렇게 꼬라재비를 넣는 데가 자꾸자꾸 많아지더니 나중에는 팥죽에도 꼬라재비를 넣고, 나박김치에도 넣고, 미숫가루에 쓸 쌀, 보리, 콩은 아예 볶을 때부터 꼬라재비 누인 물을 넣고 볶는다고 했다. 그래야 달콤한 미숫가루가 된다는 거지.

"보리 미숫가루에다가 꼬라재비 쪼깨이 집어넣고 한 양재기 타서 훌훌 마시 봐라. 아무리 땡볕에서 땀 흘리고 들어와도 등에 붙었던 배가 벌떡 일어난다 카이. 내사 어지러블 때도 꼬라재비 물 한 양재기 마시면 어지름증도 싹 없어지더라."

"몸이 찌뿌할 때도 꼬라재비 물 한 사발 마시고 한숨 푹 자고 나이 고마 툭툭 털고 일어나겠더라."

그러더니 아이가 배가 아프다고 해도 꼬라재비 탄 물을 먹이기 시작했다. 어느 날 우리 동네에 나타난 꼬라재비가 감자 맛도 옥수수 맛도 빵떡 맛도 모두 달달한 한 가지 맛으로 바꿔 갔다.

언제부턴가 동무 몇몇이 조그만 박카스 병에다가 꼬라재비

탄 물을 넣고 뚜껑에 구멍을 조금 내어서 빨고 다녔다. 나도 동생이랑 그게 해 보고 싶었다. 그런데 박카스 병도 그렇게 흔한 게 아니었다. 요즘처럼 음료수 같은 것이 흔하지 않았으니 그런 빈 병도 참 귀했지. 병 좀 얻어 달라고 엄마를 졸랐더니 엄마가 그러시는 거다.

"꼬라재비 그거 자꾸 묵어 쌓는 기 아이지 싶다."

우리는 꼬라재비가 없어서 그러는 줄 알았다. 얼마 전에 모 심기하고 타작할 때 조금 쓰고 남은 게 있을 텐데. 엄마가 그때 쓰고 남은 걸 잊었나 싶어 고개를 갸우뚱거리는데 엄마가 또 그러신다.

"넘들이 하도 꼬라재비, 꼬라재비 해서 그거 사기는 샀는데, 술에 넣어도 들큼하기만 하고, 미숫가리에 타도 들큼하고 그 맛이 그 맛이고 안 좋더마는."

"다른 아아들은 억수로 마이 묵는데. 우리도 좀 먹으면 안 되예?"

"아무래도 그거 자꾸 먹으면 어데가 안 좋아도 안 좋을 끼다. 넘들 묵어도 너거는 묵지 마라."

"어데가 안 좋은데예?"

"나도 그거는 모르겠다. 설탕은 에북 한 숟가락이나 넣어야 단데 꼬라재비는 쪼깬한 거 하나만 넣어도 억수로 달제? 나는 그기 못 미덥다. 아무래도 거기에 무슨 사가 끼인 기라."

쪼깬만 넣어도 억수로 달고, 그게 좋기만 한 것 같은데 엄마는 그게 못 미덥다고 하니 동생이나 나나 까닭을 알 턱이 없지. 엄마가 그렇다니 그런가 보다 할 수밖에.

우리 엄마는 원래 엄마 손으로 가꾸고 길러서 엄마 손으로 만들어 먹는 것 말고는 장에서 뭘 사 와서 우리한테 먹이는 일이 드물었다. 그런 우리 엄마가 돈 주고 꼬라재비 사서 주전부리하는 걸 좋아할 리 없었다.

"사람이 서면 앉고 싶고 앉으면 눕고 싶다 카제? 쉬운 거를 찾으면 한없이 쉽고 편해질라 카고, 단맛을 알고 나면 자꾸자꾸 더 단 것만 찾기 된다. 꼬라재비 그거 자꾸 먹어 봐라. 나중에는 꼬라재비 저거 할배가 나와도 입에서는 더 단 거를 찾을 끼다."

이렇게까지 말이 나오면 아무리 떼를 써도 안 된다는 걸 안다. 먹고 싶은 마음이 간절하지만 엄마 말을 어길 수도 없고 우리는 다른 아이들이 꼬라재비 단물을 만들어 마실 때 늘 침만

꼴깍꼴깍 삼켰다.

어쩌다 다른 집에 놀러 가면 옥수수를 삶아 주는데 얼마나 단지, 아무것도 안 넣고 밀가루 반죽만 해서 굽는 밀지짐도 꼬라재비만 한 꼽재기 들어갔다 하면 얼마나 맛있던지. 꼬라재비만 있으면 무엇이든 달게 먹을 수 있는데, 엄마는 왜 그걸 못 미덥다고 먹지 마라 할까? 그래도 나는 엄마한테 그걸 사 먹자는 말을 못 했다. 어쩌면 엄마한테 꼬라재비 살 돈이 없어 그래 말하는 거 아닌가 싶기도 해서.

겨울도 깊어, 설이 다가오면 엄마는 또 바빠졌다. 집 안 청소부터 할머니, 아버지 옷을 짓느라 늦도록 꼼지락거렸다. 그 무렵이면 우리가 더 기다리던 일이 있다. 조청을 고아서 엿도 만들고 강정도 만드는 일. 우리가 거들 일도 있어서 그렇기도 하지만 달콤한 조청을 찍어 먹는 재미에 그날만 기다렸다.

조청 고는 일은 여간 손이 많이 가는 일이 아니다. 쌀을 담가 불리고, 엿질금을 바락바락 문대 빨아서 가라앉히고, 그동안에 꼬두밥을 쪄야 한다. 나는 엄마 옆에 섰다가 "겅그레." 하면 정지 벽에 걸어 놓은 겅그레 떼어 오고, "베 보자기." 하면 삼베 보자기 가져다 드리고, "불 더 대라." 하면 깻단 풀어 아궁이에 더 갖다 대면서 싫다 않고 엄마 옆에 딱 붙어 있었다.

꼬두밥을 찌면 그때부터는 가라앉힌 엿질금 물을 부어 삭힌다. 한나절을 삭혀서 끓이면 단술이 된다. 단술로 쓸 때는 맑은 단물에 쌀알이 동동 뜨도록 아주 단정하게 한소끔만 끓여야 한다. 조청을 할 때는 이 단술을 아주 곤죽이 되도록 고아야 하고. 단술을 끓이고 끓여 쌀알이 다 풀어질 때쯤 엄마가 "베자루." 하면 또 베자루 주둥이를 열어 엄마 옆에 선다.

자루를 벌리고 솥에서 펄펄 끓는 단술을 퍼 담는다. 자루가 가득 차서 배가 불러지면 주둥이를 꽁꽁 틀어 묶고는 고모랑 엄마가 긴 주걱을 가져다가 뜨거운 자루를 이리 저리 눌러 가면서 짰다. 뜨거워 함부로 손을 댈 수도 없는 자루를 땀 뻘뻘 흘리면서 짜는 걸 보면 조금 겁이 나기도 했다. 조금만 까딱하는 날에는 솥에서 절절 끓는 엿물이 튀어 얼굴이고 손등에 올라붙을 판이니까.

고모랑 엄마가 엿을 짤 동안에도 나는 아궁이에 자꾸 깻대를 갖다 댔다. 한 번 식었다가 끓이려면 또 불을 한참을 더 때야 하니 불을 끄지 않고 자꾸 대 놓아야지. 그렇게 다 짜고 나면 남은 물은 지르르르 조청이 될 때까지 고아야 한다.

이제 자루에 남은 밥알 찌꺼기는 우리 차지다. 양푼에 떠내 주면 맛나게 먹는 거다. 그걸 엿밥이라고 했다. "아이고 팔 아 프다. 고만 짜자." 하고 어쩌다 엄마가 조금 덜 짠 날은 엿밥이 촉촉해서 먹기가 좋다. 단맛도 좀 더 나고. 그런데 있는 힘을 다해서 짜고 나면 물기도 없이 파들파들한 엿밥이 참 먹기가 안됐지. 그래도 우린 그 긴 겨울밤에 아주 맛있게 먹었다. 장독 대에 내놓았다가 다음 날 차게 식은 엿밥을 먹어도 맛있었다. 식으면 어쩐지 더 단 것 같았다.

베자루야, 겅그레야, 엿질금 양푼이야 뭐야 설거짓거리가 밀 려 나오면 고모는 그걸 씻으러 나가고, 엄마는 부뚜막에 올라 앉아 엿물이 눋지 않게 주걱으로 쉴 새 없이 저었다. 그럴 때 아궁이 앞에 앉아 불을 때는 일은 내 몫이다.

불을 때는 일도 쉬운 일이 아니다. 불땀이 너무 세면 졸여지 지 않고 눌어붙어 탄다. 아니 불땀이 세면 눌어서 타는 것만으 로 끝이 아니다. 엿물이 부그르르 끓어 넘치면 엄마도 감당을 못 한다. 한 번 솥전을 타고 넘어 나오기 시작하면 찬물을 가 져다 붓고, 아궁이 불을 다 꺼내서 밟아 끄고 한바탕 난리가 난다. 겨우 가라앉히고 보면 그 아까운 엿물이 반 치나 솥전으로 넘어 나와 끈적거리고 있는 거다. 그렇다고 또 불이 너무 약해도 일이 너무 더디다.

엄마는 젓다가 주걱으로 엿물을 한 번씩 떠 올려 보면서 젓고 또 저었다. 처음에는 주걱으로 떠 올리면 납작한 주걱에 엿물이 떠질 턱이 없지. 그냥 주르륵 흘러내리고 만다. 진득하게 불을 때고 또 때야 한다. 한참 동안 불을 때다 보면 엿물이 줄고 조금씩 끈기가 생긴다. 처음에는 좋아라 불을 때기 시작하지만 그때쯤이면 지겨워지지.

"엄마 한 번만 더 해 보이소."

"아직 멀었다."

"그래도 한 번 떠 보이소."

엄마는 자꾸 치근대는 내 앞에다 대고 주걱을 들어 올려 봐준다.

"아까보다 쪼끔 더 졸았지예?"

"아직아직 멀었다. 잊은 듯이 더 때야 되겠다."

나는 그렇게 보채면서 밤이 이슥하도록 불을 때고, 엄마는 팔을 바꿔 가며 쉬지 않고 저었다. 보얗던 엿물이 끈적해지면서 빤질빤질 여우색이 되어 간다. 주걱으로 떠서 실처럼 가늘게 오래오래 흘러내리면 거의 다 되어 가고 있다는 말이다.

해마다 엄마 옆에서 불을 때면서 이젠 나도 어느 쯤에서 불을 꺼야 하는지 안다. 나무 주걱으로 떴을 때 빛 고운 실처럼 가느다랗게 흘러내리던 단물이 반질반질 자르르르 엉겨 붙어 한 뭉텅이씩 뚝 떨어지면 어느덧 조청이 다 됐다는 거다. 마지막으로 엄마가 긴 나무 주걱으로 솥 바닥을 한 번 긁어 봐서, 솥 바닥에 주걱 지나간 길이 생기고 끓던 조청이 천천히 그 길을 메우면 정말 다 된 거다.

그러면 이제 작은 항아리를 가져다 한 항아리 따로 떠 둔다. 가래떡을 찍어 먹을 때는 요 정도가 딱 알맞은 거니까. 유과에 옷을 입힐 때는 여기서 조금 더 곤 것이 좋지. 마지막으로 좀 더 진하게 고아서 엿가락도 뽑고, 굳혀서 강엿으로 만들어 두었다가 이담에 고추장 담글 때도 쓰고, 오랫동안 보관하기도 하고 그랬다. 조청은 그렇게 쓰임에 따라 좀 덜 고기도 하고, 더 고아서 오래 두었다 쓰기도 했다. 한 솥에서 서너 가지 쓰임새로 만들어 낸 거였다. 엄마는 겨울철에 그렇게 조청을 달여 놓았다가 단것이 필요할 때 조금조금 꺼내서 썼다.

"엄마, 아직도 솥 바닥에 길이 안 생겨예?"

"길은커녕 아직도 이래 흘러내린다."

엄마가 엿물을 젓다가 주걱으로 떠올려서 흘려 내려 보고 하다가 문득 생각이 났는지 그러셨다.

"야야, 봐라. 조청 한 솥 고는데 손이 얼매나 가고 사람 품이 얼매나 드노?"

엄마가 이제 힘이 들어서 그러신가 하고 잠자코 듣기만 했다.

"이래 어렵게 어렵게 만들어 놓으면 또 얼매나 귀하게 쓰이노? 우예 꼬라재비에 대겠노?"

갑자기 꼬라재비 말을 꺼내시네. 고개 들고 엄마를 보는데 엄마 콧등에 땀이 송글송글 맺혀 금방이라도 떨어질 것만 같다.

"나는 꼬라재비가 아무래도 못 미덥다. 손가락 하나 얄랑 안 하고 단맛이 그래 진하게 나제? 나는 그기 이상시러븐 기라. 내가 몰라서 그렇지 나중에는 세상이 다 알 끼구마는. 꼬라재비에 분명히 뭣이 들어 있을 끼다. 아무래도 사람들한테 기시는 기 있지럴."

우리 엄마는 보통 때도 "손가락 하나 얄랑 안 하고" 덕 보려고 하는 것을 제일 크게 나무라셨지.

"내가 다른 거는 잘 몰라도 그거는 안다. 사람이 힘 안 들이고 공으로 먹을라 카면 사기도 당하고 넘들한테 못할 짓도 하게 되는 기라. 지 몸 움직거린 만큼 얻고, 지 노력한 만큼 벌라 카면 손해 볼 일도 없고 넘한테 페 끼치는 일도 없다. 나는 그기 정직하게 사는 기라 생각한다."

주걱을 저으면서 엄마는 나한테 꼭 하고 싶었던 말이라는 듯이 또박또박 이야기하셨다. 좀 알 듯도 했지만 냅다 알았다 대답하기가 어려웠다. 그럴 때는 어쩐지 냅름 대답하는 게 아닌 것 같아 잠자코 불이나 땠지.

"너거 외조부가 우리 가르칠 때도 늘 그카시더라. 자고로 넘으 공것을 탐하면 배탈이 나고 재물을 부정하기 모으면 고방에 사가 생긴다꼬. 지 몸땡이 움직거려 그만큼 먹는 기 정직하이 사는 기라. 손가락 하나 알랑 안 하고 잘사는 법은 이 세상에 없다."

그때 그 꼬라재비, 그러니까 사카린이 우리 몸을 갉아먹는 인공감미료라는 건 아주아주 오랜 시간이 흐른 뒤에 들었다.

두꺼비찰밥과 약 책

어릴 때 난 참 병치레를 많이 했다. 그중에서도 가려움증은 참 견디기 어려운 병이었다. 여름이 지나고 찬바람만 나면 어떻게나 가렵던지. 밤잠을 제대로 못 자고 긁어 놓으면 온몸 여기저기 손톱자국이 안 난 데가 없었다.

발라 놓으면 마르면서 부옇게 가루가 생기는 물약이 있었는데 그걸 바를 때는 정말 팔딱팔딱 뛰었다. 맨날 피가 나도록 박박 긁어 놓은 데다 손톱독까지 올라서 벌겋게 성이 나 있는데,

무슨 약인지 그 약을 바르면 따갑고 아려서 얼마나 팔딱거렸는지. 밤이 되어 약을 바를 때는 고모하고 엄마가 딱 달라붙었다.

먼저 옷을 벗겨 놓고는 고모가 내 두 손을 딱 잡으면 나는 겁에 질려서 엄마 손끝만 본다. 약 솔이 어딜 먼저 가는지 눈을 뗄 수가 없다. 엄마 손이 등 뒤로 가는 듯하면 벌써 등짝이 화끈거리기 시작했다. 차라리 눈을 감자. 그러면 엄마는 약 솔을 든 채 왜 그렇게 씨루고만 있는지. 차라리 빨리 바르지. 조마조마하게 기다린다. 몸에 조그만 약 솔이 닿으면 아주 잠깐 차가운 듯하다가 금방 화닥거리고 따갑다. 엄마 손을 떼 내려 밀어내고 울고불고, 엄마는 끝까지 있는 힘을 다해 바르고, 고모는 옆에서 그 한겨울에 부채를 부쳐 대고, 그렇게 한바탕 난리가 나야 잠잠해졌다.

어느 날은 조그만 것이 어떻게 그런 말을 했던지 마구 소리를 질러 댔다.

"이래 따갑은 거 인자 안 바를란다. 고마 근지럽은 대로 근질다가 콱 죽어 뿔란다. 그기 더 낫겠다."

갑자기 엄마가 약 솔을 들고 있던 손을 멈추는가 싶더니 손바닥으로 엉덩이를 갈기기 시작했다.

"그래 죽어라 죽어, 죽는 기 그래 맘대로 되는 줄 아나. 그기 그래 쉬우면 나는 벌써 죽었다. 니 죽으면 나도 따라 죽으께, 죽자 죽어."

"언니 와 그라노. 이기 뭘 안다고 그라노. 언니가 참아라."

옆에서 부채질을 하던 고모가 한참을 뜯어말려서 겨우 마음을 잡은 엄마는 또 약을 발랐다. 그렇게 패악을 부리다가 기운이 빠져서 드러누우면 엄마가 부채를 들고 잠이 들 때까지 부채질을 해 주었다.

겨울을 나고 초여름이 될 때까지 엄마는 그렇게 약을 바르고 고모는 화닥거리는 몸에다 부채질을 해 댔다. 가려움증이 시작되면 늘 웃목 문 앞에 누워서 잠이 들었다. 선선하고 찬바람이 들어오는 곳에 누워야 덜 가려웠으니까.

그런데 참 우스운 말처럼 들릴지 모르지만 그때 엄마나 고모가 나를 달래던 말이 두어 가지 있다. 따가운 물약을 안 바르려고 떼를 쓰거나 패악을 부리면 엄마는 조금씩 떨리는 목소리로 다독였다.

"우리 야야, 어서 나아서 빨간 내복 입어 봐야지. 근지럽은 거 다 나으면 젤로 폭딱한 거 사 주께."

그때 어른이고 아이고 할 거 없이 한참 많이 입던 옷이 있다. 바로 빨간색 엑슬란 내복. 고모는 할머니 생신 선물로 빨간 엑슬란 내복을 사 오기도 했다. 가까운 친척들 예단으로 엑슬란 내복을 하는 사람들도 있었다. 참 많이들 입었다.

내 동무 중에 하나는 엄마가 장날 그 빨간 내복을 하나 사 주었던 모양이다. 그런데 이 새 내복을 자랑하고 싶은데 안에다 입었으니 남들이 봐 주겠나. 저녁을 먹고 식구들이 모였는데 이 동무가 왔다.

"이 잘 밤에 우얀 일이고? 어여 들어온나."

그라고 문을 여는데 내복 바람이다. 저도 쑥스러운지 옆걸음으로 들어오더니 별 이야기도 없이 한참을 웃목에 앉아 있었다. 식구들이 잠자리를 펴고 불을 끄라는 둥 마라는 둥 해도 꿈쩍을 않고 있다. 어떻게 눈치를 챘던지 엄마가 영화 빨간 내복을 쓸어내리며 말했다.

"아이고 영화 내복 새로 샀네. 빨간 기 참 곱네."

영화는 온 얼굴에 웃음을 머금고 발딱 일어서서 "안녕히 주무시이소." 하고 뒤도 안 돌아보고 달려 나갔다. 그 뒤로도 한

참 동안 우리는 영화를 이름 대신 "빨간 내복"이라고 불렀다.

그렇게 좋아들 하는 빨간 엑슬란 내복을 난 입어 보지 못했다. 가려움증은 목 내복을 입어야 빨리 낫고, 덜 간지럽다고 엄마가 절대로 안 사 준 것이다. 엄마가 빨간 내복 사 준다고 달랠 때쯤이면 그냥 못 이긴 척 참고 약을 발랐다. 좀 더 패악을 부리다간 엄마가 울 것 같아서. 하지만 진짜로 빨간 내복을 입고 싶은 마음이 더 컸다. 할머니 내복을 빨아 개면서 얼굴을 파묻어 보았을 때 얼마나 폭딱하게 기분이 좋던지.

두어 해 바르다가 엄마는 그 물약을 놓아 버렸다. 그 고생을 하고 바르고 나면 그때는 가려운 데가 꾸덕꾸덕 마르면서 낫는 듯하다가 사나흘만 안 바르면 언제 나았더냐는 듯 다시 가렵기 시작했으니까.

"답답은 맘에, 묵는 약이 아이고 바르는 기라서 썼더마는 이라다가 독한 약에 아아만 잡겠다."

그러면서 엄마는 어딜 가나 사람들을 붙잡고 근지러븐 데 좋은 약이 없냐고 물었다.

"그런 데는 환자 약이 젤이다. 저어 저 마흘리 환자촌에 가서 한 옹큼만 사 오면 될 끼다. 물이 줄줄 흐르는 빙도 그 약

묵고 낫았다 카더라."

"숭진이 가면 피부병에 용한 약국이 있는데 그 집에서 맨드는 물약이 히한하다 카데."

그렇지만 엄마는 그런 말을 잘 안 들었다.

"신약은 속만 베리지 뭐."

"그래 독한 약을 크는 아아들한테 믹이가 우짤라꼬."

그러나 내가 중학교까지 가고 한창 클 때까지 가을이 되어 찬바람이 일기 시작하면 엄마는 약을 해다 날랐다. 어딜 가서 듣고 오는지 외할머니와 엄마는 해마다 새로운 약을 해 대었다.

"도꼬마리를 푹 삶아서 그 물에다가 아아를 씻기믄 싹 낫는다 카는데."

산골에서 혼자 사시던 외할머니는 낫을 들고 도꼬마릿대를 쪄다 날랐다. 가시가 다닥다닥 달라붙은 도꼬마릿대를 찌느라 부옇게 긁힌 손등을 볼 때마다 어린 마음에도 참 미안했다. 가마솥에다 넣고 푹 삶아서 몇 날씩 목욕을 시켜 주시고 떨어질 만하면 또 산에 오르셨다. 언젠가 도꼬마리 전설을 읽으면서 돌아가신 외할머니 생각이 나서 아무도 없는 빈방에서 얼마나 홀짝거렸던지.

외할머니는 도꼬마릿대를 절대 놓지 못하셨지만 엄마는 또 다른 약을 찾아 여기저기 소문을 내고 다녔다.

"이래 근지러버 쌓는 데는 보릿짚 썩은 기 약이라 카는데."

그러면 당장에 보리농사를 많이 하는 집을 찾아다니면서 묵은 보릿짚을 얻어다 날랐다. 달리 나무를 할 만한 산이 없는 우리 동네는 보릿짚이 여름을 나는 땔감으로 쓰였다. 장마라도 지면 보릿짚이 썩어 나무 대신 쓰지 못하니까 집집마다 비를 안 맞히려고 잘 쌓아서 덮어 두었다. 엄마는 보릿짚을 덮어 둔 비닐을 한 귀퉁이 벗겨 내 비에 맞혔다. 그 보릿짚이 썩어서 나오는 시커먼 물이 약이 된다고 했다.

이렇게 입소문을 듣고 약을 하기도 했지만 엄마 손을 떠나지 않던 책이 하나 있었다. 엄마 말로 《약 책》.

"내가 너거맨치로 학교 문 앞에만 가 봤으면 하늘에 것도 내라 묵겠다."

엄마는 정말로 학교 문 앞에도 못 가 봤지만 한글은 어떻게 깨우쳐서 책을 가끔 읽으셨다. 그중에서 가장 오랫동안 가지고 계셨던 책이 《약 책》이었다. 어느 대학교수가 썼다는데 옛날 어른들이 쓰던 약을 자세히 적어 놓은 것이다. 신약을 좋아하지 않던 엄마는 이 책을 읽고 또 읽었다. 잠들기 전에, 들일이 좀 한가한 때 엉덩이를 잠깐 붙일 틈이라도 있으면 이 책을 펴고 앉았다. 나중에는 거의 외우셔서 누가 어디가 아프다고 하면 얼른 그 자리를 착 펴 놓고 말을 해 주곤 했다. 그 책은 엄마에게는 〈의학 백과사전〉이고 가장 훌륭한 선생이었다.

그중에서도 엄마가 가장 믿는 것은 옛날 어른들한테 들었던 약인데 마침 이 책에도 적혀 있는 처방이다. 원래 내 손으로 만든 것을 젤로 치는 엄마는, 어른들한테도 듣고 이 책에도 있다 그러면 어떤 일이 있어도 만들어 내었다. 그렇게 엄마가 믿고 만든 약 중에 내같이 가려움증이 심한 사람한테 딱 맞다고 적힌 것이 하나 있었다. 두꺼비찰밥으로 만든 약이다.

두꺼비찰밥은 여름이 끝나 갈 무렵부터 가을에 들국화 산국화가 필 때까지 같이 피었다. 콩알처럼 잔잔한 것이 노랗게 참 앙증스러운 꽃인데 꽃을 손가락으로 비비면 찐득찐득해서 두꺼비찰밥이라고 했다.

엄마는 이 꽃을 훑어다가 집에서 빚은 막걸리를 품어서 쪘다. 그걸 바람이 잘 드는 깨끗한 그늘에다 펴 잘 말려서 또 막걸리를 품어서 찌고, 그렇게 아홉 번을 찌고 말리고 찌고 말렸다.

몇 날 며칠을 찌고 말린 이 꽃을 바싹 말려서 이번엔 가루로 만들었다. 아이가 먹을 것이니 고운 체에 내리고 내려서 아주 고운 가루로 만들어야 했다. 불을 땔 때도 아무 나무나 쓰지 않았다. 불땀이 좋아서 제사 때나 큰일 때만 쓰는 깻대를 가져다 불을 땠다. 약을 만드는데 더러운 것이 붙어 있으면 시커먼 연기가 나서 그슬리는 데다, 약에 잡내가 들면 안 된다고.

그럴 때 엄마는 보통 때하고는 달라 보였다. 깨끗한 데서 자란 꽃을 훑어다 찌고 말리기를 아홉 번, 방아에 찧어 체에 내리고……. 어느 한 가지도 남의 손을 빌리는 것이 없었다. 처음부터 끝까지 엄마 손에서 다 만들어졌다. 그렇게 오랫동안 정성을 쏟아붓는 모습은 성스럽다는 말로도 모자라 보였다.

그렇게 온 마음을 다해서 약을 만드는 엄마를 생각하면 정말 열심히 먹어서 어서 나아야 했다. 하지만 그 약은 먹기가 얼마나 힘이 들던지. 미숫가루처럼 고소한 맛이라도 있던가, 맛도 없는 것이 한 숟가락 입에 털어 넣으면 깔깔한 가루가 목에 턱 달라붙는 것이다. 목에 달라붙어 간질간질한 것이 한참 동안이나 잔기침이 나오고 눈물이 고였다.

하도 못 먹어 내니까 엄마는 이 가루에 꿀을 넣고 개어서 조그맣게 알약으로 만들기 시작했다. 공동묘지 귀신도 살아 움직인다는 바쁜 가을에 엄마는 낮에 들일로 지친 몸을 잠시 눕히지도 못하고 밤늦게까지 그렇게 손가락 끝으로 한 알 두 알 일일이 비벼서 알약을 만들어 먹였다.

어느 약에 나았는지 중학교를 들어가고 차츰 나아지는 것 같더니 언젠지 모르게 그 피부병이 싹 나았다. 정말 돌팔이 같은 어느 의사 말대로 나을 때가 되어서 나은 건지도 모르지. 그러나 나는 늘 엄마가 아홉 번 찌고 아홉 번 말려서 만든 두꺼비찰밥을 먹고 나았다고 말한다. 아니 그렇게 믿고 있다.

엄마 도시락

"꿀밤을 한 이틀 더 주워야 되는데."

늦은 저녁을 먹으면서 엄마가 혼잣말을 했다. 마당에 말리고 있는 꿀밤만 해도 제법 되던데 또 주우러 간다고?

"저만큼만 하면 안 됩니꺼?"

"저걸로는 두 번 끓이면 없지. 작은집 잔치에도 써야 되고, 솔안댁이 딸도 치운다 카는데. 꿀밤묵 해 달라 카더라. 집안이 두루 너른 집이라 손도 많을 끼고, 솔안댁이 꺼만 해도 두

솥은 끓여야 된다. 또 어데 쓸지 모르는데 꿀밤 있을 때 미리 좀 더 주워 놔야지."

"또 엄마가 묵 해 줍니껴? 잔치마다 엄마가 다 해야 됩니껴?"

"우리 묵이 맛있다 안 카나."

"넘들은 소주 한 되 받아다 주던데."

그렇다. 동네에서 잔치를 하면 다들 소주 한 되 받아서 부조를 하곤 했다.

"우리 묵 맛있다고 잘 써 주니 고맙지."

"엄마는 차암."

밥 묵고 집안일만 하는 엄마도 아니고, 오늘도 저물도록 밭일을 하고 들어와 이렇게 늦은 저녁을 먹는데. 저절로 한숨이 나온다.

'남의 집 잔치에 그 힘든 걸 와 자꾸 하노?'

엄마도 길게 숨을 내쉰다. 큰 일꾼도 없이 거의 혼자 들일이며 집안일을 해야 하는 엄마. 그것도 모자라 동네에 잔치가 있으면 늘 묵이야 단술이야 두부야, 잔칫집에서 해 달라는 것을 맞춤처럼 해다 준다.

"언제 갑니꺼? 일요일에 가면 나도 갈 낀데."

또 퉁바리나 맞을라나 싶어 눈치를 보지만 엄마는 아무 대꾸도 않는다. 엄마 옆으로 바싹 다가앉았다.

"엄마, 나도 갈 께예."

"저어 저 구빅이까지 가야 되는데!"

못 미더운지 나를 돌아본다.

"가다가 물 먹고 싶다, 다리 아프다 졸라도 돌아오지도 못하고. 마음 단디 묵고 가야 되는데."

뜻밖이다. "물어라 카는 쥐나 물어라!" 그럴 줄 알았는데.

"아니 아니, 안 그래예. 잘 따라갈 수 있어예."

바싹 달라붙어 엄마 무르팍에 손을 얹으며 또 묻는다.

"그럼 점심은예? 도시락 싸 갖고 가예?"

"한나절에 갔다 올 수 없으이, 한 숟가락 싸 가야지."

엄마는 대수롭잖게 말하고 저녁상을 치우는데, 나는 마구 설렌다.

'엄마랑 도시락 싸서 꿀밤 주우러 간다고오오.'

'도시락을 싸 간다고오오.'

도시락 생각만 해도 마음이 붕붕 뜬다.

드디어 일요일. 엄마는 아침을 일찍 해서 먹고, 아버지 점심 상 차려 밥상보를 씌워 마루 한옆에 놓았다.

"엄마, 도시락은?"

"챙겼지."

"제 꺼도예? 두 개 쌌어예?"

"그럼!"

동구 밖 모롱이를 돌아 들길을 따라 걸었다.

"으흐으응 흐으엉."

콧노래를 흥얼거리며 엄마 뒤를 따르는데, 늘 다니던 들길 도 새롭다. 신작로에서 날아와 자리를 잡았는지 전에 없던 코 스모스도 드문드문 피었다. 억새도 제법 손을 벌려 하얗게 퍼 졌다. 억새는 볼 때마다 조금씩 다르다. 어느 날은 아가가 손을 흔드는 것 같다.

'언니야, 안녕!'

손을 잡아 달라는 것만 같다. 어느 날은 아주 정든 사람을 멀리 배웅하듯 안타까이 손을 흔드는 것처럼 보인다. 그리고 어떤 날은 먼 길을 떠나는 사람 같다.

'난 이제 가요오, 잘 있어요오, 안녀엉.'

그래서 나는 억새를 보면 마구 달뜬다. 손을 내밀어 살며시 억새꽃을 쓸어 올렸다. 아래서 위로, 아주 다정스레. 미끄러지 듯 손바닥을 빠져나가는 억새꽃이 시원하다. 찬 밤공기를 아 직도 머금고 있는지. 한여름 뜨겁던 햇살은 한결 누그러졌지만 여전히 눈부시다. 하얀 구름이 드문드문 얇게 퍼져 있는 하늘 이 더욱 파랗다.

길섶에 길게 자란 그령풀을 끌어다 묶는다.

'짜슥들, 이번에는 너거들이 당해 봐라.'

남자애들이 묶어 놓은 풀 매듭에 걸려 넘어진 게 한두 번이 아니다.

'그래, 이번에는 너거가 맛 좀 봐라. 설마 여기까지 와서 내 가 묶어 놓을 줄은 모르겠지?'

녀석들이 풀 매듭에 걸려 고꾸라질 걸 생각하니 절로 웃음 이 터진다.

"야야, 처지지 말고 따라온나. 먼 길 갈 때 자꾸 처지면 빨리 지친다."

지난 봄 소풍 때 처음 가 본 구빅이 뒷산. 이 둘레에서 제일 높은 산이다. 옛날 옛날에 큰물이 나서 온 들이며 마을이 다 잠겼는데, 구빅이 뒷산만 다 잠기지 않았다지. 그때 물에 잠기지 않고 남은 봉우리가 떡함지만 하더란다. 그래서 이름이 떡대산이다.

떡대산 자락까지 오니 목도 마르고 다리도 아프다. 이제부터 산을 올라야 하는데. 헐떡거리면 다음부턴 따라오지 말라고 할까 봐 마음 놓고 숨을 내쉬지도 못한다. 숨이 턱밑까지 차올랐지만 내색 않고 걷는데 엄마가 웃으면서 돌아본다.

"그리 참으면 더 지친다. 숨을 크게 빨아들였다가 훅 내쉬어 봐라. 덜 힘든다."

엄마한테 들켜 버렸다.

떡대산은 높기도 높지만 들머리부터 억새며 가시나무, 온갖 풀과 나무들이 꽉 엉켜 아무나 함부로 못 들어오게 막는 것만 같다. 길가에 흔하고 흔한 수크령도 이 산에서는 어쩌나 장하게 자랐는지 까끌까끌 길쭉한 꽃송이가 허리춤까지 올라온다. 수크령 꽃송이는 아무리 봐도 병 씻는 솔같이 생겼다. 잘 말려서 병 깊숙이 넣고 쓱쓱 문지르면 잘 씻기려나?

야트막한 곳에 쑥대며 개망초며 온갖 풀만 우거진 묵정밭도 많다.

'우리 동네 같으면 일궈서 콩도 심고 나무새도 심을 낀데.'

조금이라도 평평한 곳이 있으면 갈아엎어서 열무 심고 배추 심는 할매들. 논둑이며 밭둑도 노는 걸 못 보고 두렁콩 심어 먹는 우리 마을 할매들이 떠올랐다.

"이 동네 사람들은 밭일은 안 하는가예?"

"동네가 멀어서 예까지 농사지으러 오는 사람이 드물지."

엄마가 걸음을 늦추고 두리번거리더니 어느 빈 밭을 찾아 들어간다. 자잘한 끝물 고추만 듬성듬성 달린 고추밭이다. 붉고 굵은 고추는 이미 다 땄지.

"고추는 와 땁니꺼?"

꿀밤 따러 온다더니. 엄마는 난데없이 남의 빈 밭에 들어가 몇 안 남은 끝물 고추를 따기 시작했다. 뒷거둠새까지 끝난 밭이라 자잘하고 볼품없는 것들만 남았다. 엄마 대답을 기다릴 틈도 없이 나도 뒤따라 고추를 딴다.

"됐다. 묵을 만큼만 따면 된다."

엄마가 금세 제법 한 줌쯤 고추를 따고 돌아섰다. 또 올라가다가 어느 뽕밭으로 들어간다.

'저어는 또 와?'

봄도 아니고 여름도 아니고, 이 가을에 오디가 달렸을 리는 없고. 엄마는 뽕나무 아래에 쑥쑥 자란 왕고들빼기를 찾아 보드라운 끝순을 톡톡 꺾는다. 나는 또 묻지도 않고 여기저기 쫓아다니며 보드라운 걸 찾는다.

"됐다. 묵을 만치만 꺾으면 된다."

엄마는 어느새 또 한 움큼은 되게 왕고들빼기 순을 꺾어 돌아섰다.

"이것만 하면 둘이 점심은 묵는다."

'도시락 싸 왔는데, 웬 점심 걱정은?'

그렇지만 암말 않고 엄마 뒤를 따랐다. 좁다란 산길을 따라 한참 올라가다 갑자기 길도 보이지 않는 숲속으로 꺾어 들었다.

"넘어질라. 발밑을 잘 보고 걸어라."

엄마는 바닥에 깔린 마른 가지며 가랑잎을 양쪽으로 걷어차 발로 꾹꾹 눌러 밟아 길을 내 주면서 앞서 걷는다.

"쪼매이만 더 가면 된다. 저짝에 꿀밤나무 큰 기 있다."

엄마는 해마다 와서 어디에 큰 나무가 있는지 다 아는 모양이다.

"풀 잘못 밟으면 미끄러진데이."

아직 풀이 마르지 않고 푸른데 그 위로 나뭇잎이 쌓여서, 자칫하면 미끄덩 미끄러질 판이다. 숲속은 나무가 꽉 우거져 햇빛도 잘 들지 않아 축축한 데다, 잔등에 땀이 식으면서 금세 선뜩해졌다. 옆에 늘어선 나무를 잡으며 조심조심 걷는데 망개넝쿨이 옷자락을 붙잡고 늘어진다. 엄마는 두 발로 척척척 길을 만들면서 잘도 나아간다.

한참을 뒤따르니 앞이 탁 트이고 파란 하늘이 보인다. 눈이 부시다.

"저어 앉아서 숨 좀 돌려라."

엄마가 옆으로 비켜서면서 앞을 가리켰다. 제법 넓은 너럭바위가 턱 버티고 앉아 있다. 자리 잡고 앉으니 시원한 바람이 이마를 스친다. 꼬르르 꼴꼴, 어디서 물 흐르는 소리도 들린다. 가만 보니 바위 아래로 작은 도랑이 나 있다.

"산이 깊으마 물도 안 마르고, 숲도 짙고."

바위에서 내려와 물에 손을 담그고 찰방찰방 장난을 치는 나를 보고 엄마가 혼잣말을 한다.

"사람도 그렇다."

알 듯 모를 듯한 말이지만 나는 더 묻지 않고 손을 닦았다.

"이거 한 자루 해 놓고 밥 묵자."

엄마는 어느새 허리에 큰 보자기를 앞치마처럼 묶고, 머릿수건을 묶어 쓰고 단단히 준비를 했다. 나한테는 작은 자루를 하나 준다.

"니는 딴 데는 가지 말고, 이 나무 밑에서만 주워라. 길 잃어버리면 안 된다."

엄마는 너럭바위 옆에 커다란 꿀밤나무를 가리키고 위로 올라갔다.

"여기 빨리 줍고 그쪽으로 가까예?"

"거기만 다 주워도 한 자루 넘을 끼다. 그기 보통 큰 나무가 아이다."

엄마는 이 둘레는 훤히 꿰뚫고 있는 듯하다. 하긴 해마다 가을이면 대엿새씩 꿀밤 주우러 다니지, 봄에는 산나물 뜯으러 다니지. 그러길 벌써 몇 해째냐. 엄마 시집온 지 스무 해가 넘었댔지. 나는 저도 모르게 후우 숨을 내쉬었다. 숨을 몰아쉬면서 발길질로 툭툭툭 길을 만들며 앞서가던 엄마 뒷모습을 떠올리니 가슴이 찌르르하다.

허리에 묶은 보자기를 옴팍하게 펼쳐 꿀밤을 주워 담아서 자루에 가져다 붓고, 또 한 보자기 차면 자루에 붓고, 또 보자기 펼쳐서 줍고. 그러기를 너댓 번. 살살 꾀가 나기도 하고, 조용한 숲속이 섬뜩하기도 하다. 엄마는 어디쯤에 있는지 부스럭거리는 소리만 나지막하게 들린다.

"엄마, 나는 한 다섯 번 갖다 부었는데예."

엄마 목소리라도 들어야지.

"야야, 개미 들락거리는 거는 줍지 마래이."

"예에."

엄마는 제법 위로 올라갔는지 목소리가 까마득하다. 난데없는 사람 소리에 놀랬는지 꿩인지 무슨 샌지 푸드득 날아오른다. 까오옥 멀리서 들리는 새소리. 하늘 높이 까마귀가 빙빙 맴돈다. 투두둑 마른 가지 부러져 떨어지기도 하고, 날다람쥐가 저쪽 나무로 뛰었는지 나뭇가지가 휘청휘청 춤을 추기도 한다. 또 무서워진다.

"엄마, 만지자마자 껍데기가 부스러지는 것도 있는데예."

"그런 것도 넣지 마라."

"예에에에."

무서움을 이기려고 자꾸 말을 거는데, 그 소리에 놀란 새들이 푸드득거리고 날아오른다. 그 바람에 나는 또 소스라치게 놀라고.

"밥은 언제 묵습니꺼?"

심심하고 무섭기도 하지만 나는 어서 밥을 먹고 싶다. 엄마하고 앉아서 점심 도시락을 먹고 싶은 거다. 너럭바위에 도시락 펴 놓고 엄마랑 마주 앉아 밥 먹을 생각을 하니 배도 자꾸만 더 꼬르륵꼬르륵 끓는다. 엄마는 배도 안 고픈지 대답도 않고, 내려올 생각도 않는다.

엄마 말대로 너럭바위 둘레에서만 주워도 제법 한 자루가 다 돼 간다. 시간이 어떻게 흘렀는지, 고렇게 자디잔 꿀밤도 줍고 줍고 또 줍다 보니 자루가 채워지긴 채워지는구나. 엄마도 자루를 머리에 이고 내려왔다. 엄마 자루는 아주 큼직하게 부풀었다.

"밥 묵자."

엄마는 꿀밤 자루를 힘겹게 털썩 내려놓았다. 나는 엄마 말이 떨어지기 무섭게 도시락 보자기를 끌어다 바위 위에 풀었다.

노란 양은 도시락이 두 개 나왔다. 납작한 네모 도시락 딱 두 개. 그리고 올라오면서 딴 끝물 고추 한 줌, 왕고들빼기 한 움큼. 그것뿐이다. 반찬은 어데 있지? 보자기를 다시 들춰 보고 펴 보아도 반찬 통 같은 건 없다. 빈 자루 하나, 올라오다 땀 나서 벗은 웃저고리 하나만 더 나올 뿐.

'밥이랑 반찬이랑 반반씩 넣었나?'

엄마는 바위 아래로 졸졸 흐르는 도랑으로 내려갔다. 손을 씻고 입에 물 한 모금 넣고 왈랑왈랑 입을 헹궜다. 목 뒤까지 물 묻은 손을 넣어 땀을 닦고 얼굴도 한 번 씻는다. 손에 물을 한 번 더 묻혀 흐트러져 내린 머리카락을 쓸어 올린다.

'밥 옆에 반찬 넣으면 국물 배어서 맛없는데.'

"거기, 고추 이리 도고."

"아, 예!"

멍하니 엄마를 내려다보고만 있다가 뭐에 끌리듯이 고추를 건넸다. 엄마가 흐르는 물에 고추를 두어 번 흔들어 건져 두 손을 옹그려 감싸고 아래위로 탁탁 털고는, 옆에서 넓적한 떡갈나무 잎 두어 장 따더니만 고추를 싸서 준다.

"그것도."

고추를 받아 바위 위에 놓고, 이번에는 왕고들빼기를 건넨다. 엄마는 왕고들빼기도 도랑물에 넣어 왈랑왈랑 흔들더니 하나씩 건져 앞뒤로 탈탈 털어 또 떡갈나무 잎을 받쳐 넘겨준다.

"니도 내려가서 손 씻어라. 쌈 싸 묵구로"

엄마는 손에 잡히는 잔가지를 툭툭 꺾어 들고 너럭바위로 올라왔다.

'진짜로 밥만 담아 왔나?'

아무 말도 않고 손 씻고 물 한 모금 머금고 올라오니, "자, 젓가락." 하고 건넨다. 잔가지에 붙은 잎을 훑어 내고 꺼칠한 껍질을 벗기니 그런대로 젓가락으로 쓸 수 있겠다.

그러고 엄마는 도시락을 앞으로 끌어다 뚜껑을 열었다. 뚜껑 열린 도시락. 흰 쌀알은 몇 개 보이지 않는 꽁당보리밥, 그 네모난 한 귀퉁이에 싹 발라 놓듯이 떠 넣은 된장 한 숟가락.

"자아, 이거는 니 꺼."

엄마가 도시락 하나를 더 내밀었다.

천천히 뚜껑을 열었다. 이번에는 고추장이다. 한 모서리에 한 숟가락 싹 발라 놓은 빨간 고추장. 아, 그리고 그 옆에 무장

아찌 쫑쫑 썰어 조금 넣었다.

엄마가 손바닥에다 길쭉한 왕고들빼기 몇 장을 이리저리 겹쳐 놓고 보리밥 한 숟가락 된장 한 점 콕 찍어 커다랗게 쌈을 쌌다.

"이런 데서는 이것도 묵을 만하다."

입을 크게 벌려 쌈을 밀어 넣는 엄마를 보는데 눈물이 퍽 쏟아질라 한다. 얼른 고개를 돌렸다. 개미를 쫓는 척하며 땅을 보다가 젓가락을 들었다. 가슴 한구석이 비질하듯 무언가 쓸려 가는 것 같았다. 맛있는 김밥까지 기대한 것은 아니었는데.

도시락. 어묵볶음 한 가지라도, 명태 껍질 말린 거라도 조금 무쳐 넣었을 줄 알았다. 자꾸자꾸 콧물이 나고 눈앞이 흐려졌다. 고개도 못 들고 밥만 떠서 넣는데 목이 꺽꺽 메었다. 엄마랑 도시락 싸서 소풍 가듯 따라나선 길, 콧노래를 부르며 한껏 달떠서 나섰던 그 길이 부끄러워 땅을 파고 들어가고 싶다.

엄마는 이리 힘들게 먼 길을 와서, 섬뜩한 산속에서 혼자 꿀밤을 주우면서, 이 꽁당보리밥에 된장 한 숟갈로 한 끼를 때웠단 말이지. 자꾸만 눈물이 어려서 밥도 고추장도 잘 보이지 않는다.

어슴하게 어둠살이 퍼질 때까지 일하고 들어와, 부뚜막에 걸터앉은 채로 푹 퍼진 국수에 간장 한 숟가락 떠 넣고 허기를 채우던 우리 엄마. 시큰하게 쉰 보리밥 버리지 못하고 우물물 퍼다 헹궈 내어 푹푹 떠먹던 우리 엄마. 그런 엄마가 도시락 반찬 갖추갖추 챙겨서 꿀밤 주우러 올 거라고? 속없이 달떠서 따라나선 이 못난이. 나는 속에서 터지는 울음을 참느라 땀이 삐질거리고 정수리가 따가웠다.

"허리도 펴 가메 천천히 무라. 그리 밥만 폭폭 떠 넣다가 목 메낀다."

엄마가 건네주는 대로 왕고들빼기 쌈도 싸고, 고추를 된장에 찍어 먹으면서도 엄마 얼굴을 볼 수가 없다. 풋고추라고는 해도 바짝 약 오른 가을 고추라 입안이 화끈거리게 매웠지만 맵다 말도 못 하고 밥만 꾸역꾸역 밀어 넣었다.

"멸치라도 서너 마리 넣어 올 낀데."

아무 말 없는 내가 마음에 걸리는 거겠지.

점심을 먹고 나서는 어떻게 꿀밤을 주웠는지, 얼마나 더 주웠는지도 모른다. 한참을 주워 담다가, 엄마가 그만 줍자고 해서 손을 놓았다.

"요래 조막만 한 손도 힘이 마이 되네. 혼자 왔을 때보다 훨씬 마이 주웠네. 저물도록 했을 때보다 많다. 아직 해가 남았는데."

엄마가 머리에 이고 가기 좋게 자루를 다시 묶으면서 말했다. 그나마 미안하고 부끄러운 마음이 살짝 풀린다.

엄마가 묶어 준 자루를 머리에 이고 엄마 뒤를 따랐다. 머리에 이고 내려오던 꿀밤 자루가 뒤로 끄덕 넘어가면 온몸이 휘청휘청, 발이 제대로 내려서지 못하고 허공에 춤을 추었다. 몇 번을 휘청휘청 고꾸라지면서 산을 내려와 들길로 들었다. 이제 이 길 따라 쭉 걷기만 하면 된다.

올 때 그렇게 눈부시던 하늘은 어스름이 깔리고, 들판 끝나는 저쪽 하늘엔 노을빛이 불난 듯 붉다. 새빨간 고추잠자리가 낮게 날지만 그것 한 마리 잡을 생각도 없다.

엄마는 꽁당보리밥 도시락 하나 먹고 하루 온종일 걷고 줍고 머리에 이고 다녔구나. 그 생각이 가슴을 후벼 파는 것 같았다. 그나마 얼마나 다행인지. 머리에 인 꿀밤 자루가 이마까지 축 처져서 눈을 가려 주니 빨개진 눈이 보일 일도 없다. 엄마는 산만 한 꿀밤 자루를 머리에 이고 뒤를 돌아보지도 못하고 앞서 걸었다. 나는 마음 놓고 눈물도 닦고, 쿨쩍쿨쩍 콧물도 닦았다.

점심 먹으면서부터 말이 없어진 나를 보고 엄마가 눈치챈 걸까? 앞서 걷던 엄마가 걸음을 늦추었다.

"다시는 안 따라오고 싶제?"

"아니예, 엄마는 맨날 그런 밥 드시고."

"울 일도 쌨다."

"근데에, 다른 집 잔치할 때 우리도 그냥 소주 한 되만 받아 주면 안 되예?"

"와? 꿀밤 줍기 싫어서?"

"엄마만 맨날 두부 해 주고, 묵 해 주고, 단술 해 주고. 일이 너무 많잖아예."

"엄마가 핸 기 맛있다고 자꾸 해 돌라 카는데?"

"그래도 맨날 너무 힘든데."

"그기 공으로 가는 기 아이다."

공으로 가는 기 아이라고? 그러면 묵값이라도 받나? 묵값이라고 언제 뭐 받아 본 적도 없으면서.

"너거 고모에 삼촌에 줄줄이 크는 오래비들에. 우리 집 잔치도 대추나무 연 걸리디끼 줄줄이 있을 낀데. 한 해 한 번을 할지 한 해 두 번을 할지."

난데없이 우리 집 잔치 걱정은.

"돈 안 들고 내 몸 움직거려 힘 좀 보태 놓으면, 우리 잔치 때 그 집에서 가만 안 있고 뭐라도 해다 주고. 그리그리 어불려 사는 기다."

어불려 사는 기라꼬?

"우리 잔치라고 내 혼자 다 할 수 있겠나? 다 몬 하지. 돈으로 살 수야 있겠지마는, 그 돈을 다 우째 감당하겠노? 몸 좀 고달파도 해 놓으마 그기 다 우리 잔치에 온다. 그렇게 부조하민서 산다."

나는 아무 대꾸도 할 수 없었다.

"없는 넘이 없는 표 안 내고 살라 카이 얼매나 고달픈지."

엄마는 꾹 다물고 있던 입이 풀렸는지 내가 대꾸를 하든 말든 혼잣말을 했다. 나는 또 울컥 눈물이 치솟았지만 목구멍으로 꿀꺽 삼켰다.

"이쿠!"

발길에 뭔가 걸렸다. 머리에 인 꿀밤 자루가 뒤로 끄떡 넘어가더니 온몸이 앞뒤로 휘청거린다. 아, 풀 매듭! 눈앞이 뿌옇게 흐린 걸 겨우겨우 걸었는데, 아침나절에 남자 아이들 골탕 먹이려 묶어 놓은 바로 그 풀 매듭에 걸린 거다.

"그거 봐라. 니가 매 놓고 니가 걸려 넘어지지. 그기 지한테 돌아올 줄도 모르고. 사람 사는 기 그렇다."

엄마가 뒤를 돌아보면서 희미하게 웃었다.

"야야! 선하기 살면 선하게 풀리고 악하기 살면 악하기 풀린다 안 카더나. 엄마는 지금 이래 고달파도 나중은 좋을 꺼다 싶으니 견디고 산다."

"고모, 삼촌들 끈 붙이 주고, 너거들 잘 커서 넘한테 욕 안 듣고 살면 그기 내한테 사는 힘이다."

걸으면 걸을수록 정수리가 아프다 못해 꿀밤 자루가 머리에 있는지 없는지도 모르겠고, 엄마 말을 들으면 들을수록 가슴 한쪽도 떨어져 나가고 없는 것만 같고. 물렁 다리를 걷는 것처럼 발 아래가 울렁불렁해서 어떻게 집까지 걸었는지도 몰라.

첫 생일 밥

가을이 시작되면 어른들은 끝도 없는 일 속에 파묻혀 그 고된 허리 한 번 펼 날이 없다. 큰 일꾼 없이 엄마가 집 안팎 일을 꾸려 나가는 우리 집은 더 말할 것도 없지.

"큰일은 장골이가 한 번씩 확 추리 주면 일이 얼매나 줄 낀데. 혼자서 아무리 동동거리도 일이 어데 줄어야 말이제."

어두워질 때까지 일을 하고 들어와서 또 정짓간으로 들어가면서 엄마는 가끔 그렇게 넋두리를 했다.

아버지는 농사일을 모르는 분이고, 집에는 따로 일할 만한 사람이 없으니 엄마는 늘 들에서 산다. 봄부터 추운 겨울이 올 때까지 들이고 밭에는 언제나 일거리가 널려 있었다.

가을걷이가 시작되면 엄마는 더 바쁘다. 논에 베어 눕혀 논 나락을 뒤집다가, 고추를 말리다가, 들깻대를 쪄서 묶어 세우다가, 또 나락 논에 앉아 깻단을 묶다가 가으내 그렇게 밭으로 논으로 종종걸음을 쳐야 한다.

밭에 심은 고추니 들깨니 콩이니 이런 것들은 때를 놓치면 안 되는 것들이라서 일손을 늦출 수가 없다. 조금만 때를 놓치면 꼬투리가 딱딱 벌어져 콩이고 들깨고 만질 때마다 밭고랑으로 다 튀기 때문이다. 한 가지를 때를 놓쳐 일이 밀리면 다른 것들도 다 늦어지니, 하루라도 편히 쉴 날이 없다.

온 여름내 허리 한 번 제대로 못 펴고 달라붙어 풀을 매고 공들여 키워 온 걸, 한 톨이라도 그저 흘릴라 치면 아까운 것도 아까운 것이지만 동네 사람들한테 욕 들을까 먼저 걱정이다.

"안즉도 저래 장승겉이 시야 났다, 봐라 저어 저. 저 아까븐 알곡들을 그저 내삐리고 있노? 죄받구로. 영 몬 하겠으면 없는 사람들이라도 털어 묵으라 카든가."

어쩌다 때를 놓치고 늦게까지 밭을 지키고 서 있는 콩이니 들깨니 그런 것들을 보면 동네 할매 할배들이 지나가시다가 혀를 쯧쯧 차며 나무라곤 했다. 그러다가 깨끗하게 치워 놓은 밭머리를 지나거나 깻대를 가지런히 묶어 세워 놓은 밭 앞에서는 그러신다.

"아이구, 이기 뉘 집 밭이고? 참하기도 해 놨제? 갖고 놀고 짚기 해 놨구마는. 밭설거지를 우예 저래 야물게 했는지, 꼭 공단겉이 해 놨네. 이 집 미느리 손끝이 우예 저래 야무노?"

무엇하나 그저 지나치는 일이 없으니 바쁜 가운데도 동네 아지매들은 그렇게 동네 어르신들까지 맘을 써야 한다.

끝도 없는 밭일을 마치고 어둑해질 때야 들어오면서도 엄마는 고춧대를 묶어 이고 들어오기도 하고, 고구마 줄을 넝쿨째 확 걷어서 둘둘 묶어 이고 들어온다. 느긋하게 고구마 밭에 앉아 줄기를 하나하나 딸 시간이 있을 리 없는 엄마는 늘 그렇게 고구마 줄을 넝쿨째 걷어 와서 밤이 늦도록 꾸벅꾸벅 졸면서 줄기를 따 모았다. 논일에 밭일에 늦도록 바깥일을 하고 돌아와도 일은 그렇게 밤늦도록 엄마를 놓아 주지 않았다.

아침마다 떨어지지 않는 눈을 비비고 일어나면 언제 일어났는지, 엄마는 훑어 모은 끝물 고추를 쪄서 자리에 펴 널고 있거나 고구마 줄기를 가마솥에 쪄서 김이 오르는 솥에서 꺼내고 있다. 또 어느 틈에 깎아 달았는지 빨랫줄에는 감 꼬챙이가 몇 개나 뱅글뱅글 돌면서 아침 햇살을 받아 발갛게 빛을 뿜어낸다. 아버지가 출근하시기 무섭게 밭으로 나가서 어두워야 들어오는 엄마는 늘 그렇게 아침이 부옇게 밝아 올 때부터 밤이 늦도록 집에서도 일을 해냈다.

"밭 많은 집에 딸 안 치운다."고 할 만큼 밭일은 거의 다 아낙들 몫이었다. 봄에 씨를 넣는 일부터 온 여름내 풀을 매고, 다 여물어서 거둬들일 때까지 모두가 아낙네들이 허리 한 번 제대로 못 펴고 달라붙어야 한다.

그렇게 바쁘고 고된 가을이 되면 점심때 엄마 얼굴을 보기가 어렵다. 학교에서 넷째 시간 마치면 점심을 먹으러 집에 가지만 엄마나 고모가 기다렸다가 밥을 차려 주는 날은 거의 없었다. 손에 일이 붙은 김에 조금만 더 조금만 더 하다 보면 밥 때를 놓치는 날이 더 많기도 하고, 들밥을 내다 먹는 집에 붙들려서 한 숟가락 얻어먹고 바로 일하는 날도 더러 있으니까.

동생과 나는 썰렁한 정지 부뚜막에 걸터앉아 가마솥에 넣어 놓은 밥을 양푼이째 꺼내서 김치를 얹어 가며 달게 먹었다. 아침밥을 하고 그때까지도 다 식지 않은 가마솥이라 밥도 그리 차갑지는 않다. 그렇게 점심을 챙겨 먹고 나면 우리는 빈집을 한 번 돌아보지도 않고 학교로 달렸다. 보리알이 입안에서 떼굴떼굴 따로 굴러다니는 식은 보리밥이라도 든든히 먹고 나올 수 있는 집은 그나마 다행이다. 점심으로 삶은 고구마만 먹고 지내는 동무들도 더러 있던 때였다. 시골에서 살아도 농사가 제대로 없는 집은 가을이라 해도 언제나 끼니를 늘려 먹어야 했다.

내 생일날, 아니 점심때까지 내 생일인지도 몰랐지. 그날도 점심 먹으러 마당을 들어서는데 엄마가 담벼락 밑에 세워 둔 들깻단을 만지고 있었다. 점심 먹을 시간에, 그런 한낮에 집에 있을 엄마가 아닌데.

"엄마아아."

몇 날 만에 보는 것처럼 반갑게 부르며 달려드는데, 엄마는 얼굴을 한 번 들어 보지도 않고 들깻단을 하나씩 들어 자리를 바꾸어 놓으면서 말했다.

"어여 올라가서 밥 묵어라."

정지에서 막내 고모도 나온다.

"오늘은 새 밥 해 놨데이. 어서 밥 묵어라."

"인자 밭에 일 다 했어예?"

"다 하기는. 벌써로 일 다 하면 우야라꼬."

일도 다 안 끝났는데 엄마도 고모도 이래 다 들어와 있노?
멀뚱하게 섰는데 고모가 상을 들고 나왔다.

"국 식는다, 어서 올라온나."

밥그릇이 넘어질 만큼 수북이 담은 팥밥을 보는데 입에 침
이 가득 고여 왔다. 고슬고슬하게 지은 새 밥이다. 고모가 상을
내려놓는데, 이게 보통 상이 아니다. 굵은 멸치 몇 마리와 기름
이 동동 뜬 미역국, 손님 올 때만 가끔 내놓던 감장아찌도 송
송 썰어 놓고, 언제 샀던지 간갈치도 한 토막 노릇하게 구워 놓
았다. 김도 몇 장 구워 올렸네.

"고모야, 오늘은 아버지도 집에서 드시나?"

"아이다, 니 먼저 묵어라."

"내 묵어라꼬?"

아무래도 아버지 밥상인 것 같은데 내 앞으로 상을 밀어 놓

고 고모는 숟가락까지 들고 쥐여 줄 참이다.

"와아? 내만 묵나?"

"우리는 난재 묵으마 된다. 니 먼저 묵고 학교 가라."

"고모야, 오늘 머슨 날이가?"

"머슨 날은. 오늘 니 생일이다."

"내 생일이라꼬?"

내 생일. 그날 나는 태어나서 처음으로 그렇게 생일상을 받았다. 엄마가 그리 눈코 뜰 새 없이 바쁘면서, 일부러 들어와서 새 밥을 해 주다니. 나는 숟가락을 쉬이 들지 못했다.

"딸래미들도 생일을 챙기 줘야 난재 커서 인덕이 있다 카네."

엄마는 고모 들으란 듯이 고모를 한 번 돌아보며 말했다.

"애기도 인자 생일 채리 주께. 진작에 들었으마 봄에 애기 생일부터 채리 줄 낀데. 애기도 같이 묵어라."

엄마는 고모한테 미안했던지 고모 밥과 국을 떠 오겠다면서 정지로 들어갔다.

"아이다, 나는 난재 언니하고 같이 묵으께."

"고모야, 같이 묵자. 이거 너무 많다. 고모야 밥은 안 가아와도 되겠다. 숟가락만 있으면 되겠다. 엄마도 오이소."

"생일 밥그륵은 갈라 묵는 기 아이다 카더라. 한 그륵 다 니
가 묵어라."

"이거를 우예 다 묵노? 반도 못 묵겠다."

"생일 밥은 때를 이어 묵어야 명도 질고 살림 늘려 가미 산
단다. 난재 저녁에도 묵고 낼 아침에도 묵어라."

"그라마 호선이 오면 묵으께예."

"막내이는 벌써 묵고 내뺐다."

"고모야, 같이 묵자아. 내 혼자 몬 묵겠다."

혼자서 이 많은 밥을 다 못 먹겠는 것이 아니라, 왠지 숟가락
이 쉬이 가지 않는다.

"아아도 참. 밥을 동무해서 묵나? 고마 묵으면 되지."

고모가 밥그릇을 들고 앉는데 내 밥하고는 많이 다르다. 팥
이 드문드문 얹히긴 했지만 여전히 보리쌀이 훨씬 더 많은 보리
밥이다.

"고모야, 이거 갈라 묵고 그거 난재 내하고 또 묵자."

"아이다, 나는 콩밥 묵으마 속이 따가바서 파이다."

"나는 맛있던데."

옆에서 엄마가 웃는 건지 미안한 건지 모를 얼굴로 앉아 간
갈치 토막에 붙은 재를 털고 살을 발라 얹어 준다. 가을볕이
따뜻하게 퍼지는 마루 끝에 앉아 엄마가 올려 주는 반찬을 받
아먹다가 까딱하면 눈물을 짜낼 뻔했다. 눈에 그렁그렁 고이려
는 눈물을 들킬까 고개를 폭 숙이고 밥만 폭폭 떠먹고 있는데
이번엔 목에 걸려 잘 내려가지 않는다. 고모도 말없이 밥만 먹
고 있다. 엄마도 아무 말 없이 갈치 살을 바르다가 잿불에 타서
바삭바삭거리는 지느러미를 입에 넣는다. 아무 말 없이 밥만
먹으려니 도저히 밥이 넘어가질 않고 목이 자꾸 메인다.

"엄마, 인덕이 뭔데예?"

"인덕?"

"아까 생일 밥을 잘 챙기 주면 인덕이 있다 캤잖아예."

"그래, 그렇다 카데."

"사람 덕을 마이 본다는 말이가?"

같이 밥을 먹던 막내 고모가 말했다.

"그것도 맞기는 맞다."

엄마는 조금 있다가 다시 말했다.

"더도 말고 덜도 말고 내 핸 만치 본치가 있으마 된다. 이짝

이 생각해 주는 거만치 저짝도 내를 서운키 안 하고, 쪼께이
라도 이짝을 생각해 주먼 그런 기 인덕 있는 거 아이겠나?"

엄마는 갈치 뜯어 주던 손가락을 쭈욱 한 번 빨고, 마당으로
내려섰다.

"아가, 내는 밭에 나가 보께. 애기는 인자 나오지 말고 집에
있다가 저녁이나 일찍 해 묵자."

밭에 갈 채비를 하는 엄마 뒷모습을 보면서 자꾸 엄마 말이
걸렸다.

"더도 말고 덜도 말고 내 핸 만치 본치가 있으마 된다."

남들보다 힘든 일들이 유난히 많아서 앉으면 늘 걱정을 시키
는 시집간 고모들, 장가를 갔는데도 별 일자리가 없는 삼촌과
교도소에 있는 용이 아재 생각이 났다. 그리고 한 번씩 친정엘
오면 꼭 애먼 소리를 해서 엄마 속을 헤집어 놓고 가는 종고모
들과 "아이고 도도한 우리 참산 질부." 하면서 칭찬인지 나무
라는 것인지 모르게 엄마를 부르는 종조할매가 한꺼번에 떠올
랐다.

밭으로 나가는 엄마의 뒷모습을 보면서 마음이 무겁기는 했
지만, 나는 지금까지 내가 태어나서 처음으로 내 생일 밥을 먹

던 때를 잊지 못한다. 지금도 누군가 옆에서 생일 이야기를 하
면, 옛날 우리 집 마루와 늘 일에 파묻혀 있던 엄마와 그 옆에
서 함께 웃고 있는 우리 막내 고모 모습이 나란히 떠오른다.

막내 고모의 맞선

해가 많이 짧아진 늦은 가을. 그날도 나는 해거름이 되어 가자 동무들을 뒤로하고 집으로 돌아와 소죽 끓일 채비를 했다.

두 살 많은 막내 오빠가 중학교에 가고 2학년이 되면서 늦게 오는 일이 많아졌다. 일찍 오더라도 이젠 제법 일꾼처럼 도울 수 있으니 집에 오기 바쁘게 들에 나가 엄마 일을 거들었다. 그때부터 저녁에 소죽 끓이는 일은 내 몫이 되었다. 커다란 소죽솥에 쌀뜨물, 귀명물을 끙끙대며 들어다 붓고, 여물을 퍼다 넣고 쌀겨 두어 바가지, 여기저기 못이 박히고 울퉁불퉁 인물 없는 호박도 몇 토막 뻐져 넣고, 짚을 한 아름 안아다 놓고 아궁이에 불을 지피면 그때부턴 한참 동안 앉아서 불만 때면 된다.

그런데 그놈의 소죽솥은 어찌나 크던지 한참이나 불을 때어도 좀처럼 끓지를 않는다. 솥뚜껑에 눈물이 맺히고 솥전을 타고 눈물이 또르륵 흘러내려야 곧 쌔에쌔에 김이 나고 푹푹 끓어오를 텐데, 이건 지겹도록 불을 때도 솥뚜껑 아래로 눈물이 맺힐 생각도 안 하는 거다.

솥전이 뚫어져라 쳐다보면서 한참을 때면 겨우 두어 방울 눈물이 맺힌다.

'아이구 됐다, 눈물이 인자사 나네.'

기다리다 기다리다 지겨워지면 솥뚜껑 틈에 맺힌 눈물방울을 놓칠 수가 없다. 부지깽이로 쪼록쪼록 눈물 길을 그린다. 그어 놓은 길을 따라 어서 눈물이 흘러내리고 어서 소죽이 끓으라고. 그래서 어서 빨리 아궁이 앞에서 벗어나고 싶어서.

그것도 지겨워지면 인제 솥뚜껑을 두드리면서 노래를 불러 댔다.

처음에는 "엄마가 섬 그늘에……." "초록빛 바닷물에 두 손

을……." 뭐어 그런 노래를 부르다가 나중에는 "바다가 육지라
면……." "아아 잃어버린 자아앙미여!"까지 온갖 아는 노래는
다 불러 제꼈다.

그날도 "저 푸른 초원 위에 니 딸따리 내 딸따리……." 해 가
면서 한참 부르고 있는데, 우리 학교 교장 선생님 사모님이 잰
걸음으로 우리 집 대문을 들어서시네. 그 뒤로 '진짜로 키 큰'
군인 아저씨가 척척척 따라 들어오는 거다. 그때는 정말 불이
붙었거나 말거나 아궁이 속으로 기어 들어가고 싶더라니까.

아궁이 앞에 엎드려 꺼질라 카는 불을 살릴 끼라고 몇 번이
나 불 앞에 엎드려서 후우후 불어 댔으니 앞머리는 부수수하
지, 얼굴에는 껌둥이 묻었겠지. 거기다 아궁이 앞 좁은 벽에
등을 떡 기대고 두 다리는 쭉 뻗어 건너편 벽에다 처억 걸치고
반 누운 꼴로 솥뚜껑을 두드려 가며 "니 딸따리 내 딸따리!"를
불러 대고 있었으니.

어쩌나 얼굴이 화끈거리던지, 집에 오는 손님한테 인사고 뭐
고 고개를 폭 숙이고 짚만 자꾸 밀어 넣었다.

"야야, 소죽 끓이나?"

사모님은 넘 속도 모르고 아는 척을 해서 더 챙피하게 만드

는 거다.

마당에서 기척이 나니까 오늘따라 밭에서 일찍 들어온 엄마가 부엌에서 뛰어나오데. 손님을 보고는 정말로 반가운 얼굴을 하더니 사랑방으로 뛰어가고, 사랑방 문이 열리면서 아버지가 급히 나오셔서는 군인 아저씨를 방으로 떠밀었다.

'집에 또 뭔 일이 생긴 기가?' 하고 있는데, 엄마가 또 바쁘게 윗방으로 올라가더니 우리 고모를 등 떠밀고 나오는 거라.

우리 고모는 마루 아래 축담에 내려서서 신발 신을 생각도 않는데 엄마가 억지로 신을 끌어다 신기고, 또 팔을 끌고 마당으로 내려가고, 고모는 그때까지도 궁둥이를 뒤로 쑥 빼고 걸음을 떼어 놓질 않았다. 엄마가 억지로 사랑방 문 앞에까지 고모를 끌고 가서 나지막하게 "선이 아버지요오." 하고 부르자 아버지가 문을 열고 나오시고 이번에는 고모가 등을 떠밀려 사랑방으로 들어갔다.

그런데 이게 모두들 별 말도 않고 숨 한 번 쉴 틈도 없이 재빠르게, 금세 다 일어난 일이란 거다. "야야, 소죽 끓이나?" 하시던 교장 선생님 사모님 말이 무슨 신호라도 되는 것처럼 그 말이 떨어지기가 무섭게 후다닥 말이지.

가만 보니까 말로만 듣던 '맞선'을, 우리 고모가 그러니까 그 맞선을 보는 거였다.

엄마는 안 들어갈라는 고모를 억지로 밀어 넣더니 사랑방 문 앞에서 서너 발자국 뒤로 물러나 그대로 딱 서서 숨을 숙이고 선 채로 귀를 기울이고 있다.

위채로 올라오신 아버지도 웃방에 들어가시는 것 같더니 마루로 나왔다가 들어갔다가 몇 번이나 들락날락하시다, 아예 정짓간 앞에 서 있는 사모님 옆에서 말동무나 하기로 하신 듯했다.

엄마는 사랑방에서 하는 이야기가 잘 안 들리는지 조금씩 조금씩 문 앞으로 다가섰다. 아버지가 손짓으로 이리 오라고 해 보지만 엄마는 손사래만 젓고는 그 자리에서 움직일 줄을 모른다. 나도 온통 사랑방 쪽으로 신경이 쏠려서 소죽솥에서 눈물이 나든 말든 김이 나서 "쌔에에쌔에에." 소리를 지르든 말든 짚을 꾸역꾸역 밀어 넣었다. 온 집 안이 숨을 죽인 듯 조용한데 사모님만 아버지한테 뭐라 뭐라 얘길 하신다.

"전 교장이 생질 중에서도 저 생질을 참 미덥어합니더."

"……."

'그라마 저 군인 아저씨가 우리 교장 샘 조카란 말이가?'

"큰 부자는 아이라도 넘한테 뭐 하나 빌리로는 안 가고 삽니더. 맏이는 마산에서 따시게 살고예, 지차라서 둘이서 야물기 살머 누구하나 시집에서 뜯어 갈 사람은 없습니더. 저거 둘이 마음 맞차 살머 금방 자리 잡고 따시기 살 깁니더."

"⋯⋯."

"사람이 얼매나 건실하고 야문지. 군대 가기 전에 얼마간 시간 있다꼬, 그 시간을 안 놀고 고물 장사하는 거 보고 놀랬습니더. 요새 젊은 사람이 그런 거 할 생각을 합니꺼, 어데."

"⋯⋯."

"몸 좋지, 사람 올차지, 그기 젤 아입니꺼?"

아버지는 고개만 주억거리고 아무 대꾸도 없는데도 사모님은 지치지도 않고 이야기를 한다.

"아이구, 야야. 니 머리 다 꼬실라 묵겠다. 어여 불이나 밀어 넣어라."

사랑방 앞에 선 엄마 보랴, 사모님 이야기 주워들으랴, 불이 너풀너풀 밖으로 춤을 추는지 어떤지 보여야 말이지. 그런데 사모님은 어느새 그것까지 보고 소리를 치고는 또 금세 아버지

쪽으로 돌아다보면서 이야기를 이었다.

"둘이 좋다 카머 설아래 혼인시키고, 두어 달은 시집에서 같
이 델꼬 있다가 이월 달에 제대하면 살림 내놓을라 카데에."

"……."

"혼인하자마자 떨어지는 기 안됐습니더마는, 한 두어 달이
야 어떻겠습니꺼. 이전에 우리 때는 신행 전에 일 년썩도 지
둘렀는데."

시간이 얼마나 흘렀을까?

사랑방 문이 열리자 꼼짝도 않고 섰던 엄마는 놀랜 듯이 정
짓간으로 뛰어 들어가고, 조금 있으니 군인 아저씨가 나와서
허리를 구부려 기다란 신발 끈을 끼우고 졸라매면서 한참을
엎드리고 앉았다. 그 등 너머 열린 문 안으로 고모가 보이는데
손가락으로 방바닥만 쭈욱쭈욱 그으면서 고개를 폭 숙이고
있는 거다. 고모는 일어서야 할지 나와야 할지 모르겠는지 아
주 조금 엉덩이를 떼는 듯하더니 사모님과 아버지가 사랑방 쪽
으로 다가가자 구들목 쪽으로 쏙 들어가서 아예 보이질 않았
다.

군인 아저씨가 양쪽 신발 끈을 다 졸라매고 일어서자 아까

처럼 사모님이 앞장을 섰다. 군인 아저씨는 뒤따라 나가면서 아버지한테 몇 번이고 인사를 했다.

엄마는 대문까지 따라 나가면서 "저녁때가 지났는데, 우야노?" 걱정이다.

"선보로 와서 밥 묵고 가머 성사가 안 된다 캅니더."

"아이구 그래도 때 대접도 몬 하고 그냥 보낼라 카이 영 맴이 무겁네예."

엄마 혼자서 어쩔 줄 몰라 하는데, 사모님은 손사래만 젓고 군인 아저씨랑 같이 대문을 나섰다.

아버지도 뒤따라 나가시고 집에는 엄마랑 나만 남았는데도 고모는 사랑방에서 나올 줄을 모른다. 불 때고 남은 짚단을 치우고 아궁이 앞을 대강 쓸어 놓고 사랑방으로 달려갔다.

"고모야!" 하고 들어가는데 엄마가 "됐다, 마. 니는 저녁이나 챙기라." 하고 말린다. 할 수 없이 부엌으로 들어가서도 고모가 얼마나 보고 싶던지.

한참 뒤에 아버지가 들어오시고, 중학교에 다니는 넷째 오빠가 들어오고, 골목에서 얼굴이 꾀죄죄한 채로 막내까지 들어오고 나서야 우리는 저녁을 먹었다. 해는 벌써 지고 어느새 깜

깜해져 다른 날보다 훨씬 늦은 저녁을 먹는데 그때까지 고모
는 얼굴도 안 내보이는 거다. 늘 저녁밥을 해 놓고 기다렸다가
식구들이 다 들어오기가 무섭게 저녁상을 차려 내던 고모인
데, 그날은 엄마도 아버지도 고모를 찾지 않고 그냥 엄마가 차
려 온 저녁상 앞에 둘러앉았다.

"고모도 밥 묵어야지, 고모 오라 카게."

"됐다, 너거 고모는 나중에 묵구로 해라. 따로 챙기 났다."

엄마는 고모를 기다리지도 부르지도 않고 밥숟가락을 들었
다.

"고모 어데 아푸나?"

아무 소리 안 하고 있던 막내가 묻는다. 오빠도 밥숟가락을
들다가 말고, 소리를 죽여 물어보는 거다.

"와? 진짜네. 고모는 와 안 오노? 고모 저 방에 있나?"

"있다 아이가, 오늘 고모 선봤데이."

"진짜가? 니도 봤나?"

"어어. 있다 아이가, 키가 진짜로 크더라. 근데 있다 아이가,
머리는 또 디기 작더라."

"키가 그래 크더나? 그런데 머리가 작으면 이상하겠다, 그

쟈?"

"그래도 머리가 디기 큰 거보다는 낫겠다."

"에이 나도 좀 부르지. 내가 딱 봐야 되는데."

"순하게 생깄더나?"

"얼굴은 잘 못 봤다."

"니는 딱 보면 모르나? 그거부터 봐야 되는데. 순한 사람이라야 되는데."

우리가 속닥거리는 사이 엄마는 또 걱정이 늘어졌다.

"저짝에서는 둘이 마음만 맞으면 설아래 하자 칸다는데. 또 어데서 돈을 둘러대겠능교?"

"한 해 둘이 하는 기 아이라 카는데 봄에 제대한다 카이 그때 하자 카지 뭐."

"봄에 한다꼬 지금 없는 돈이 어데서 나오겠능교? 가실에 저거 삼촌 장개들인 거 아니까 쫌 몬 해도 이해는 안 해 주겠나마는."

"……."

"그래도 시어른 될 양반들이 점잖은 자리라 카고, 살림도 그래 쬐이는 집이 아이라 캐서. 자리는 탐이 나구마는."

"그거는 그렇고 사람은 어떻던공? 아까 뭐 좀 들어 봤나?"

엄마가 사랑방 문 앞에 서 있는 걸 보고 점잖지 몬하기 그란 다꼬 그래 말렸으면서도 아버지도 궁금하긴 했던 모양이다.

"자시 들리야 말이지요. 띄엄띄엄 듣긴 들었는데, 사람은 양 글어 보입디더."

"머라 캐 쌓던고?"

"애기 손을 보고, 손이 일을 참 마이 한 손 겉다고, 그 손이 참 좋다고 하데요."

아버지는 혼잣말로 "처자 손이, 일 마이 한 손이 머시 좋다 꼬." 하더니 "그라고 또?" 하고 자꾸 캐물었다.

"아이구 밖에 있는 내가 우예 더 듣능교? 고마 도란도란 해 쌓는 거 보이까 둘이 다 싫지는 안 한갑더메."

엄마는 그쯤에서 말을 딱 자른다. 그러고는 한숨을 푸욱 쉬 는 거다.

"내싸 마 하자고 해도 걱정이고, 안 한다 해도 걱정이구마 는."

"……."

"애기를 이래 크도록 데리고 있으민서 시집갈 때는 넘한테

안 빠지구로 해 보낼라 캤는데, 언제 한 번 피일 날이 있어야
지. 또 이래 쫄라 붙이가 보낼라 카이 참……."

엄마 마음을 아는 아버지는 아무 말도 더 못 붙이고 밥만 드
시고, 우리도 그만 밥이나 폭폭 떠먹는다. 고모가 선을 보고,
곧 시집을 갈지도 모른다는 것 때문에 설레던 우리도 엄마 아
버지의 걱정을 알 만했다.

저녁상을 치우고 엄마를 거들어 설거지를 끝내고 방에 들어
갔더니 사랑방에 있던 고모가 어느새 웃방에 올라와 있다.

"고모야, 배 고푸제? 밥 갖고 오까?"

"아이다. 됐다."

"배 고풀 낀데."

밥을 한 끼도 거르는 일이 없는 고몬데, 저녁을 안 먹고 우예
배가 안 고프겠노. 그런데 그날은 정말로 배가 안 고파 보였다.

"고모야, 내가 이불 깔까?" 하고 말을 붙여도 쳐다보지도 않
고 엎드려서 라디오 꼭지만 이래저래 만지작거리고 있다. 그래
"〈법창야화〉 안 하나?" 하고 나도 옆에 엎드리니까 또 저리 떨
어져 눕는다.

"야아는 지금이 몇 신데 벌써 하노? 아직 한참 있어야 하지.

그런데 오늘은 와 이래 주파수가 잘 안 맞차지노?"

고모는 괜히 라디오 꼭지에 끼운 받침 쪼가리만 돌려 대는 거라. 둘이서 그렇게 어색하게 누웠는데, "야야, 자나?" 하고 고모 동무들이 들이닥쳤다.

고모 동무들은 저녁 마실을 오면서 꼭 내 이름을 부르면서 들어왔다. 현아 아지매, 점이 아지매, 정자, 봉숙이, 수자 저거 고모까지 저녁마다 모여서 수를 놓기도 하고, 겨울에는 새끼도 꼬고, 여름에는 오비도 짜고 그러는 고모 동무들이다.

손에는 모두들 하얀 가제 손수건이랑 알록달록 예쁜 구정뜨개실을 챙겨 들고 와서는, 오자마자 방바닥에 턱 던져 놓고 모두들 고모 옆에 달라붙었다.

"니이, 오늘 선봤다미?"

"소문도 빠르다."

"어떻더노? 식이 각시가 봤는데, 총각 좋더라 카데."

"식이 각시는 또 어데서 봤는공?"

"안새미 쌀 씻다가 봤겠지. 키도 억수로 크더래미?"

"몰라. 앉아 있는 거만 봤는데 키가 큰지 작은지 우예 아노?"

"눈 크더나? 니는 눈 작은 남자 파이다 카미."

"몰라. 눈이 큰지 작은지 못 봤다."

"그것도 못 보고 뭐 했노?"

"처음 보민서 얼굴을 우예 치다보노?"

"야아, 선보민서 얼굴을 몬 보면 머 보노?"

"몰라야."

동무들이 달라붙어 물어 대니 고모는 정말로 부끄러운 얼굴이 되었다. 우리 고모가 그렇게 부끄러운 얼굴을 하다니. 고모는 그 이야기에서 벗어나고 싶은지 동무들이 내팽개쳐 놓은 손수건을 끌어다가 안겼다.

"어서, 그기나 만자 떠라. 현아 니는 야, 안죽 그거빼끼 몬 했나?"

고모들은 손수건을 펴 들고 코바늘을 찾아 잡고 가장자리를 뜨는가 싶더니 또 캐묻는다.

"언제 또 만나자 카더노?"

"낼."

고모는 간단하게 대답하고는 코바늘만 빠르게 넣었다 뺐다 넣었다 뺐다 하고 있다.

"읍에서 만나나?"

"어."

갑자기 현아 아지매가 뜨개질하던 손수건을 옆에 탁 놓더니 고모 옆으로 바짝 붙어 앉는다.

"니이, 낼 다방에서 만나서 머 마실 끼고?"

뜬금없이 그렇게 물으니까 고모는 말할 것도 없고 다른 아지매들도 다 손을 놓고 쳐다본다. 옆에서 자투리 실 하나 얻어서 헌 손수건을 펴 들고 앉았던 나도 '이기 뭔 말이고?' 싶다.

"커피를 묵을 때는 한입에 후루룩 먹으면 큰일 난데이. 그거 보기보다 억수로 뜨겁거덩."

"······."

모두들 아무 말도 않고 다음 말만 기다렸지.

"쪼께이썩 천천히 마시야 된데이. 또 커피 잔을 딱 내려놨는데 베니가 뻘겋게 묻어 있거덩. 그것도 안 보이게 살째기 잘 닦아 놔라."

고모나 동무들이나 다들 너무나 놀랍다는 듯이 현아 아지매를 쳐다보는데, 현아 아지매가 또 입을 열었다.

"어떤 남자들은 여자가 커피 마시는 거 안 좋아한다 카더라.

젤 좋은 거는 목장이다. 니는 목장 시키라."

"목장은 머시고?"

"우유. 뜨신 거는 밀크라 카고, 찹은 거는 목장이라 카는데, 목장이 시원하고 좋다. 뜨겁은 거 묵다가 잘몬하머 입천장 벗겨지거덩."

"……."

고모랑 동무들은 또 고개만 끄덕거리지 완전히 할 말을 잃었다.

"그런데 그것도 베니 자국이 생겨서 신경이 좀 쓰이더라."

"……."

"오렌지 주스도 괜찮은데."

"……."

"그거는 스트롱 가지고 빨아 묵으니까 베니 자국이 안 생기 거덩."

"……."

"그런데 그거로 묵을 때는 한번에 쭈욱 빨아 먹으면 안 된데 이. 내가 전에 거어 옆 동네 사에이치 회장, 그 사람 만났을 때 덥다고 한 번에 주욱 마셨다가 망신시러버 죽겠는 거라."

"와?"

"쭈욱 빨아 땡기는데 뿌루룩 소리가 어쩌나 크기 나는지. 얼매나 부끄럽겠노?"

"……."

"그거 빨아 땡길 때는 스트롱이 주스 안에 푸욱 잠겼을 때 조금씩 빨아 땡기면 소리 안 난다. 끄트머리가 밖에 좀 나왔을 때 빨면 시끄러븐 소리가 나거덩."

역시 연애 박사 현아 아지매는 다르더라. 그런 거를 우에 다 아는지. 고모도 다른 동무들도 고개만 끄덕끄덕할 뿐 아무도 대꾸도 못 하고 듣기만 했다.

현아 아지매는 숙자라는 이름도 촌스럽다고 혼자서 그냥 '현아'라고 바꾸어 불렀다. 고모 동무들이나 현아라고 불러 줬지 동네에서는 여전히 숙자라고 부르는데도 현아 아지매는 어딜 가나 자기를 현아라고 소개한다고 했다. 머리도 긴 생머리를 풀고 다녀서 동네 할매들 입에 그리 오르내리는데도 절대로 안 묶고 땋지도 않고 꿋꿋하게 그냥 풀고 다녔다. 긴 생머리가 찰랑찰랑 예쁘기는 했다. 선도 많이 보고 연애도 많이 해 봐서 모르는 것이 없다더니 그날 보니까 진짜로 모르는 것이 없더라.

"그런데 정숙이가 와 안 왔노?"

혼자만 이야기한 것이 머쓱했던지 현아 아지매가 불쑥 정숙이 아지매를 찾는다. 그런데 정숙이 아지매하고 앞뒷집으로 사는 점이 아지매가 그러는 거다.

"아아참, 야아 선본 거 이약한다꼬 깜박했네. 정숙이 인자 밖에 몬 나온다. 저거 엄마가 머리를 짤랐다 아이가."

"와아? 그 사람 만난다꼬?"

"저거 엄마가 알고 엊저녁부터 난리가 났다 아이가. 가시나가 연애한다꼬. 동네 우사시럽어서 몬 나가겠다고 소리소리 질러 쌓더마는 고마 그랬다 카네."

"빙시겉이 머리를 깎이고 앉아 있노? 밖으로 내빼야지."

현아 아지매가 나섰다.

"정숙이 그기 또 안 그란다 아이가. 그냥 앉아서 눈물만 빼고 홀짝거리고 있으이 저거 엄마가 더 그라지."

"어제 밤에는 운다꼬, 우는 소리 들리는 것도 우사시럽다꼬 수건으로 입을 틀어막아 놓고 문도 걸어 잠가 뺐다 안 카나."

"오늘 아침에도 잘못했다 안 카고, '안 만나 끼제?' 카는데 대답도 안 하고 홀짝거린다꼬 고마 머리를 확 짤랐다 카더라."

"모녀 간에 똑같다, 그자."

'정숙이 아지매나 그 집 할매나 다 말수도 적고 억수로 얌전한데 진짜로 둘이 그랬단 말이가?'

전에 고모랑 얘기하는 거 들었는데, 둘이 참 좋아한다 카던데. 와 연애를 하면 안 되는지, 그래 입 틀어막아 방문까지 잠궈 놓고 가둬 두어야 하는 건지, 머리를 깎아 버리고 동네 나다니지도 못하게 해야 되는 건지 나는 참 모르겠더라.

정숙이 아지매 이야기를 하다가 고모들은 한참 말없이 뜨개질만 했다. 너도나도 하얀 손수건을 뺑 돌려 가며 예쁘게 뜨개질을 해서 하나하나 모으고 있다, 다들 시집갈 때 가져갈 거라고. 연분홍색, 옥색, 노란색, 또 하얀색 구정뜨개실로 색색이 떠서 반듯하게 착착 접어 놓으면 그냥 보기만 해도 참 고왔다.

한참을 그렇게 무겁게 뜨개질을 하더니 역시나 현아 아지매가 또 먼저 얘길 꺼냈다.

"야, 니는 인자 거기 손수건에 이름자 새겨도 되겠네."

"벌씨로 무슨……."

고모가 수줍게 말을 흐린다.

"머어 읍에서 또 만나자미? 그라면 맘에 있다는 긴데 머. 그
사람 이름은 머라 카데?"

"이, 집, 중이라 카던가……."

"이집중?"

갑자기 고모 동무들이 다 웃기 시작했다. 나도. 이름이 집
중! 정말 웃기는 이름이잖아?

다들 한참을 웃다가 "니는 그라마 Lee를 새기면 되겠네." 마
치 모두 결정 난 듯이 말했다. "몰라야." 고모는 그렇게만 말하
고는 "너무 안 늦었나? 인자 집에 가라 고마." 하고 눈을 흘기
는데 아무도 집에 갈 생각을 않는다.

"하아, 또 하나가 가고."

"……."

"그라머 인자 몇이 남노?"

"……."

"점이도 날이 잡힌다 카고, 봉숙이 년도 저거 집에서 설아래
우야든지 보낼라꼬 난리라 카고……."

현아 아지매답지 않게 한숨 섞인 소리를 하자 방안 공기가
갑자기 또 무거워졌다.

"니, 전에 말했던 그 사람 와 안 만나노?"

고모가 좀 미안했던지 넌지시 물었다.

"내보다 작아서 치았뿠다."

"키 뜯어묵고 사나? 키 크고 안 싱거븐 사람 없다 카는데, 작으면 다부지고 안 좋나?"

"야아, 첨에 볼 때는 몰랐는데 자꾸 보니까 저래 팔도 짧은 기 내를 안아 줄 수나 있겠나 싶어서 고마 시죽해지더라."

역시나 연애 박사는 달랐다. 그 말에 다른 아지매들은 모두 입을 다물었다. 그렇게 조용해졌다가 또 까르륵거리다가 재잘거리다가 밤이 깊어 갔다. 밖에서 아버지가 "어험." 하고 헛기침을 하는 소리가 몇 번이나 더 들리고서야, 그때 처음 들었다는 듯이 "너거 큰오빠 오셨다야, 가자." 하고 방문을 열고 나섰다.

우리 아버지는 밤마다 고모 동무들이 다 나갈 때까지 소마구도 둘러보고 아궁이에 잿불이 꺼졌는지, 돼지는 어쩌고 있는지 우리를 들여다보시면서 여기저기 서성대셨다. 가끔 "어험." "어어어험." 헛기침을 하면서. 그러면 재잘거리던 고모들은 날마다 만나면서도 뭐가 그래 아쉬운지, 헛기침 소리를 못

들은 척하다가 소리가 점점 더 커지고, 그러기를 몇 번이나 되풀이하고서야 억지로 일어섰다.

고모 동무들이 다 가고 아버지가 마루 끝에서 "어여 자거라." 하시면 우리도 불을 끄고 누웠는데, 그날, 고모가 선을 보던 그날은 잠자리에 들어서도 한참 동안 잠을 못 들이고 뒤척였다. 모로 누웠다가, 천정을 보고 반듯하게 누웠다가, 방문을 보고 돌아누웠다가 등지고 누웠다가…….

그런 고모를 보면서 '나도 고모만큼 크면 선을 보겠지.' 설레임 같기도 하고, 부끄러운 일을 혼자 상상하는 것 같아 몰래 민망하기도 하고 그런 밤이었다.

수험표와 공납금

행정과 직원이 올라와 내 손에 급식비 독촉장을 쥐여 주고 가는 것만 보고도 고개를 푹 떨구는 아이들을 보니 내 가슴이 또 무너진다. 그 마음을 내가 알지. 그러고 보니 벌써 삼십 년 전 일이네.

"마지막 주에 월말고사 있는 거 알제? 공부 열심히 하고. 이 번에는 우리 반에서 진보상 열 명은 나와야 된다."

"으이그 지긋지긋한 시험. 한 달이 와 이래 빨리 지나가노?"

"맨날 진보상 받으면 나중에는 이백 점 받아야겠다. 어째 달마다 평균 십 점을 올리노?"

시험공부를 잘하라는 담임 선생님 말이 떨어지자마자 여기저기서 불만들이 봇물처럼 터져 나온다. 나도 그 말을 듣자마자 큰 걱정이다. 시험공부가 싫은 것이 아니라, 또 서무과에서 공납금 낸 사람만 수험표 찾아가서 시험 보라고 할 텐데, 그 수험표 끊을 일이 꿈만 같은 거다.

공부를 마치고 십 리 길을 걸어 집으로 가면서 동무들은 내내 시험 얘기뿐이다.

"이봐라, 너거 선생님은 지난달에 너거들 진보상 많이 받았다고 한턱냈다면서? 너거 선생님 진짜로 멋지다."

"아이씨, 이번에 진보상 받으면 자전거 사 준다 캤는데. 평균 십 점이 어데 넘으 집 강생이 이름이가?"

"맞제? 평균 십 점 올리는 기 쉽나 어데?"

"그런데 썩었데이. 바쁘다고 농사일 도우라고 가정실습 하면서 와 맨날 가정실습 마치자마자 시험 치는데?"

"그래, 농사 안 짓는 수산 아아들은 사흘 동안 공부만 하고, 우리 백산 아아들은 사흘 동안 쌔 빠지게 농사일 거들어야 되는데. 진짜 웃기제? 그라이 맨날 수산 아아들만 일이 등하지."

"맞다 맞다. 가정실습 동안에 시험공부를 해라는 건지, 농사일을 도우라는 건지."

"맨날 공부 잘하고 잘사는 수산 아아들 편만 들어 준다 아이가."

시험 얘기만 나오면 다들 그렇게 불만이 늘어지고 할 말이 많다. 그런데 동무들이 그렇게 종알종알 얘기들을 해도 내 머릿속에는 온통 수험표 생각뿐이다.

지난달 시험을 볼 때도 선생님들이 주우욱 앉아 있는 교무실로 찾아가서 떨리는 소리로 담임 선생님하고 약속을 했다. 아아 교무실은 와 그리 넓던지. 하필이면 우리 선생님 책상은 그 넓은 교무실에서도 한가운데 떠억 있었다. 나는 그저 다른 선생님들한테 안 들리게 조용히 빨리 말하고 나오고 싶은데, 우리 선생님 목소리는 또 와 그래 크던지.

"그래? 아버지 월급 받으면 낸다고? 그라마 됐다. 아무 걱정하지 말고 공부나 잘해라. 공납금 좀 늦게 낼 수도 있지 뭐. 내 싸인해 주께."

그러면서 쓰쓰쓱 사인을 해 주는데, 우리 선생님 목소리가 원래부터 우렁찬 거야 알았지만, 그때 그 자리에서는 정말로 부끄러워 죽는 줄 알았다. 좀 살살 말해 주면 안 되나 싶어서 원망스럽기도 하고.

그런데 저쪽 한구석에 우리 오빠도 담임 선생님 앞에서 뭐라 뭐라 얘길 하면서 고개를 푹 떨구고 서 있었지. 그걸 보고는 그만 왜 그렇게 왈칵 눈물이 나왔는지.

"야아가 와 이카노? 누가 뭐라 카나? 공납금은 늦게 낼 수도 있고, 좀 일찍 낼 수도 있지. 다 안다. 괘안타. 됐다 고마. 눈물 닦고 이거 갖고 가 봐라. 공부만 잘하면 됐지. 니는 공부도 잘하고, 또 약속도 잘 지킨다 아이가. 어허이!"

선생님도 얼마나 당황스러운지 이 말 저 말 했던 말을 또 하면서 서둘러서 '담임 확인서'를 쥐여 주셨다. 나는 그 순간에도 우리 선생님의 우렁찬 그 목소리가 정말 싫었다.

'담임 확인서'를 들고 교무실 밖으로 나오는데 정말로 눈물이 앞을 가려 문이고 벽이고 자꾸 부딪히는 거다. 눈물이 앞을 가린다는 말은 들어 봤겠지만, 난 정말 그때 그 말이 과장이 아니란 걸 알았다. 그렇게는 도저히 복도를 걸어갈 수가 없어서 교무실 앞에 나와 눈물을 훔치고 안 울은 척하려고 얼굴을 닦고 또 닦고 있는데, 오빠가 나왔다. 그렇게 무뚝뚝하던 우리 오빠가 어깨에 손을 척 얹으며 그러네.

"울기는. 울면 넘들이 더 쳐다본다 아이가."

겨우 닦았던 눈물이 또 쏟아졌다. 그게 엊그제 같은데 또 벌써 한 달이 지나고 또 시험을 본다니.

모를 심어 놓은 들이 온통 파릇한데, 그 파릇한 사이로 난 들길을 걸어가면서도 그날은 눈길 한 번 줄 수가 없었다. 토끼풀을 뜯어 꽃반지를 만들어 끼고, 목걸이도 만들어 걸고, 동그랗게 엮어 머리에 얹고 여왕 흉내를 내면서 재미나게 걷던 그 십 리 길이 그날은 그렇게 싱겁고 팍팍했다.

식구들이 둘러앉아 저녁밥을 먹는데도 머릿속은 뒤숭숭하기만 하다.

'한번 말이라도 해 보까? 혹시 이번 달에는 될지도 모른다 아이가?'

그것도 생각뿐이지 나는 그냥 입도 벙긋 못 하고 밥만 폭폭 떠먹고 나왔다. 위로 오빠들이 셋이나 객지에 나가서 공부를 하고 있으니, 아버지 월급날만 되면 돈 들어갈 구멍을 뻔히 아

는데, 집에서 다니는 우리가 먼저 돈 달라고 할 수는 없는 노릇
이다. 나나 넷째 오빠는 그냥 우리 차례가 돌아올 때까지 기다
렸다가 엄마가 알아서 챙겨 주시면 그제서야 냈다. 그러다 보
니 우린 뭐든지 돈 내는 건 늘 맨 꼴찌다.

숭늉이나 떠 갈려고 가마솥 뚜껑을 열고 누룽지를 긁고 있
는데 방에서 넷째 오빠가 뭐라고 한다.

"엄마, 이번 달에는 미야라도 먼저 공납금 주면 안 되까
예?"

이기 뭔 말이냐 싶어 누룽지 긁던 주걱도 그냥 든 채로 귀를
기울였다.

"와?"

"그냥. 나는 좀 늦게 줘도 되는데……."

그냥 그것뿐이었다. 무뚝뚝하게 한마디 하고는 또 밥만 먹는
지 방에서는 아무 소리도 안 들리는데 나는 또 눈물이 쏟아져
서 숭늉을 들고 들어갈 수가 없었다.

다음 날 아침, 학교 갈 시간인데 담장 너머 동아 집에서도 난
리가 났다.

"공부는 시잎빛이도 못 하면서 돈은 꼬박꼬박 갖다 바칠라

고?"

"그라마 학교 다니지 말라꼬?"

"누가 학교 못 가구로 카나? 좀 있다가 낸다 카이."

"지금 내야 된다 아이가. 수험표를 안 준다 카는데."

"수험푠지 뭔지 받아가 시험 치면 뭐 하노? 맨날 그 장단이 그 장단인데."

"아아 공부 못하면 공납금도 안 줄 끼가?"

동아도 악을 바락바락 쓰고, 동아 엄마도 악을 써 대는데, 나는 차라리 그렇게 엄마한테 바락거리는 동아가 좀 부럽기도 하고 그랬다. 엄마한테 그럴 수 있다는 걸 한 번도 생각도 못 하고 살았으니까.

가방을 들고 동네를 나서는데 들머리 담뱃집에서도 시끄럽다.

"이 종내기가 점방 문을 닫아야 되겠나?"

"와, 돈이 있으민서 안 주노?"

"이기 담배 타 와야 되는 돈인데 이걸 들고 가면 장사는 우예 하라꼬?"

"몰라. 하이튼 그 돈 있으니까 돈 주면 될 거 아이가."

"이놈아, 종잣돈이 있어야 장사를 하고 장사를 해야 입에 풀칠을 하고 살지."

"종잣돈이고 새낏돈이고 몰라 몰라. 수험표 안 끊어 주면 시험 안 치면 되지 뭐. 조옿겠네. 시험 안 치서. 나는 인자 시험공부도 안 할 거다."

"아아고 에미고 자알한다. 장삿집에 아침부터 그래 쌓아서 장사 잘 되겠다."

농사짓고 사는 시골에서 다달이 돈이 꼬박꼬박 나오는 것도 아니고, 공납금을 낼 때가 되고, 시험이 다가오면 동네가 꼭 그렇게 시끄러워졌다.

학교에 갔더니 아니나 다를까 서무과 직원이 수험표를 들고 교실로 와서는 공납금을 낸 아이들 이름을 부르면서 수험표를 나눠 준다. 수험표를 받는 동무들이야 아무 생각 없이 수험표를 받지만 나처럼 돈을 못 낸 아이들은 고개도 들지 못하고 그냥 책만 보고 앉아 있는다. 아니면 화장실이 급한 척하고 밖으로 나가 버리기도 하고. 서무과 직원은 수험표를 다 나눠 주고 나면 꼭 우리들을 휘익 둘러보면서 우렁차게 말했다.

"이번 주까지는 꼭 내야 시험 칠 수 있다. 너거들 반이 가수험표 받은 기 젤 많다. 이라면 너거 선생님한테도 안 좋다."

나는 그 눈길이 정말 싫어서 마주 볼 엄두가 나질 않았다.

시험 치는 첫날은 책상 위에다가 수험표나 가수험표를 책상 오른쪽에 펴 놓고 시험을 본다. 그러면 서무과 직원들이 모두 나와서 수험표를 보고 얼굴 한 번 보고 시험지에다 자기들 도장을 찍어 주었다. 내 앞에 오면 가수험표를 쓰윽 보고는 내 얼굴 한 번 보고, 도장을 찍으면서 나지막한 소리로 그랬다.

"약속한 날까지 안 내면, 너거 선생님 월급에서 뺀데이."

그 말을 들으면 부끄럽기도 하지만 괜히 부아가 치밀어서 아는 답도 쓰기 싫어졌다. 지금도 나는 괜히 학교 행정실이나 뭐어 그 비슷한 일을 하는 사람들을 보면 그때 생각이 나서 마음이 편치 않다.

시험이 끝나고 동무들이 좀 놀다 가자고 붙잡아도 그럴 신명이 날 턱이 있나. 십 리 길을 타달타달 걸어 집으로 가는데, '언제 마음 놓고 시험공부 한 번 해 볼까?' 그런 생각이 들었다. 가만 생각해 보니 중학교 다니는 동안에 시험 때가 돌아오면 늘 그 수험표 때문에 고개 숙이고 다녔던 것밖에 안 떠오른다.

크고 작은 돌멩이가 깔린 길을 돌부리 차 가면서 걷는데 들에 갔다 오던 엄마가 보신 모양이다. 발걸음에 힘이 하나도 없는 날 보시고는 가슴이 아팠던지, 밥솥에 불을 때고 있는 내 옆에 엄마가 앉았다.

"살림 잘못해서 돈이 없는 엄마가 잘못이고, 아버지가 잘못이지. 너거 잘못 하나도 없다. 그래 고개 숙이고 댕길 거 없다. 그라고 아버지가 돈이 좀 많이 없지, 넘들한테 부끄럽은 사람이가 어데? 넘한테 죄짓고 사람 짓 못 하고 사는 기 부끄럽은 거지 그런 거는 부끄럽은 기 아이다."

그때 내한테 엄마의 그 말은 뭐어 이해가 되거나 고개를 끄덕거릴 만한 말도 아니었다. 그런데도 엄마가 내한테 정말 미안해하는 것이 느껴져서, 내가 더 미안했다.

할매가 아프다

청소 검사를 하고서, 선생님이 "통과!" 하기가 바쁘게 나는 발걸음을 재우쳐 거의 반달음을 쳤다. 눈을 감아도 다닐 만큼 발에 붙은 길인데도 오늘은 자꾸 지뻑거리고 헛디뎌서 툭하면 앞으로 고꾸라진다.

'할매는 인자 일어나 앉았는가?'

아침에 집을 나설 때까지 할매는 손가락 하나도 마음대로 못 움직이고 자꾸 까라지기만 했다.

'아무리 아파도 우리 할매는 이렇게 사나흘씩이나 아픈 적이 없었는데.'

발길이 투둑투둑 걸어차이면서도 할매 걱정이 자꾸 되살아났다.

'밥물이라도 한 숟가락 넘어갔는가?'

오늘 아침에도 엄마는 밥물을 곱게 밭쳐 할매 입에 조금씩 흘려 넣었다. 할매는 그것마저도 제대로 삼키지 못하고 반 넘게 흘려 버렸지. 나는 옆으로 자꾸만 쓰러지려는 할매 등을 받치고 앉아서 밥물이 흘러내리는 입만 애타게 보다가 학교로 왔다.

그저께 아침에 할매는 무다이 잠자리에서 일어나지 못했다. 나를 불러 깨우는 것 같더니 그 자리서 까무룩 쓰러져 버렸다. 사흘이 지났는데 아직도 그대로 누워만 있다. 그저 몸살기가 좀 있겠거니 했는데 몸져누운 지 나흘째가 되어도 혼자 힘으로 일어나 앉지 못했다.

여느 때 할매 같으면 미역찹쌀장국 한 양푼 먹고 거뜬하게 털고 일어났다.

"아이구우, 와 이래 으슬으슬 한기가 드는지 모르겠데이."

할매 말이 떨어지면 엄마는 미역찹쌀장국을 끓였다.

"아침나절부터 자꾸 어질어질하네."

그러면 미역을 잘라 물에 불리고 찹쌀 반죽을 했다. 엄마가 장국 물을 우려내면 나는 찹쌀 새알을 비볐다.

"엄마 이번에는 두 알 해 보께예."

"한꺼번에 세 알도 할 수 있어예."

찹쌀 반죽을 조그맣게 떼어 손바닥에 놓고 동글동글 살살 비비면 구슬같이 동그랗게 새알이 만들어졌다. 반죽 덩이를 조그맣게 두 개 떼어 놓거나 세 개를 떼어 놓고 한꺼번에 비비면 두 알도 되고 세 알도 되었다.

뜨거운 찹쌀장국을 먹으면 할매 콧잔등에는 땀방울이 송송 맺히고 단정하게 빗어 넘긴 머리 밑도 촉촉이 젖었다. 할매는 수건으로 콧등을 꼭꼭 눌러 닦고 입언저리도 꼭꼭 눌렀다. 놋양푼이 빌 때쯤이면 이마에서 방울방울 땀이 흘렀다. 할매가 하얀 손수건으로 이마를 꼭꼭 눌러 닦을 때마다 '할매는 나이가 들어도 참 곱고 단정하구나.' 싶었다. 나도 모르게 할매처럼 이마를 꼭꼭 눌러 닦아 보기도 했다. 할매는 땀을 흘리면서 찹쌀장국 한 양푼을 다 비웠다. 골을 메운다고 했다.

놋양푼을 들고 남은 국물까지 다 마시고 나면 구들목에 깔아 둔 이불을 덮고 땀을 내었다. 할매는 그렇게 땀을 푹 내고 나면 거뜬히 털고 일어났다. 나도 조금 남은 찹쌀장국을 얻어먹고 할매 옆에 누워 늘어져라 낮잠을 잤다. 할매가 으슬으슬 한기가 든다고 하면 나는 '오늘도 찹쌀 새알을 먹겠구나.' 하고 은근히 기다리기도 했다.

처음 할매가 못 일어나던 날도 찹쌀장국 한 양푼이면 자리를 털고 일어날 줄 알았다. 나뿐 아니라 온 식구들이 그렇게 믿었다. 그러나 이번에는 찹쌀장국도 소용없었다. 할매는 그토록 좋아하던 찹쌀장국을 한 숟가락도 먹지 못했다. 찹쌀 새알 한 알 씹지 못하고 미역 한 오라기도 삼키지 못했다. 국물만 몇 번 받아먹었지만 그것도 반은 입가로 흘러내렸다. 반쯤 벌어진 입술로 국물이 자꾸만 새어 나왔다.

이틀이 지나고 닷새가 지나자 할매는 몸을 가누지도 못하고 자꾸 더 까라졌다. 들머리 사춘 양반이 날마다 침을 놓았지만 좀처럼 낫지 않았다. 삼동네에서 사춘 양반만큼 침 잘 놓는 사람은 없다더니 할매를 일으켜 앉히지는 못했다. 할매는 아버지가 껴안아서 앉혀 놓으면 덜러덩 나동그라졌다.

어제는 읍내 인산의원에서 의사가 와서 두어 시간이나 들여 다보다 갔다. 의사는 주사를 놓지도 않고 약도 주지 않고 뭐라 뭐라 열심히 말만 하고 갔다. 엄마 아버지는 그저 듣기만 하다 가 할매 손을 하나씩 나눠 잡고 고개를 떨구었다. 동네 어른들 이 걱정스런 얼굴로 왔다가 한마디씩 하고 갔다.

"아무래도 중풍이 왔는갑다. 자고 일어나면서 그러는 수가 종종 있다더만."

"무다이 손에 힘이 빠지고 혀가 꼬여서 말을 못 하는 거 보 면 중풍 온 기 맞는가베."

"느긋하이 마음 잡수소. 긴병에는 병구완하는 사람이 마음 을 눅게 잡숴야 돼."

사춘 양반 침도 별 수 없고, 읍내 인산의원 의사가 와서도 약 도 없다 주사도 소용없다고 하자 이제 엄마가 나섰다. 강가 해 양 마을까지 시오 리 길을 걸어가 구해 온 오리알에, 이슬도 가 시지 않은 감 이파리 따다가 절구에 콩콩 찧어 짜낸 물에, 중 풍에 용하다는 영천의 어느 한의원 탕약까지 할매한테 좋다 는 온갖 약을 다 해 대었다. 그러나 그 영험하다는 약들도 할매 를 일으키지는 못했다.

"야아야, 아아아야."

할매가 손을 내저으며 나를 부른다. 비녀는 어디로 달아났는지 머리칼은 어수선하게 풀려 귀 뒤며 목둘레로 헝클어져 내려왔다. 할매는 한 손으로 손가락을 세워 빗쓸어 올린다.

구석에 놓인 경대를 끌어다 할매 앞에 놓았다. 할매는 뚜껑을 세워 거울을 보더니 금세 "파아아아하아아악." 운다. 나는 놀랜 듯이 경대를 옆으로 치우고 얼레빗만 꺼낸다.

아침에 곱게 땋아 끝댕기까지 단단히 드렸건만 하루 종일 누워 비비니 그대로 있을 턱이 없다. 좁다란 끝댕기를 풀고 어수선하게 엉킨 할매 머리를 풀었다. 머릿속에 숨었던 비녀가 댕그랑 떨어진다. 얼레빗으로 머리칼을 빗어 내리는데 가슴이 저릿하다. 서리서리 풀어져 내리는 할매 머리카락. 할매는 지금까지 흰머리도 나지 않고 반들반들 윤기 나는 머리카락이 참 고왔다.

머리를 빗어 다시 땋고 끝댕기를 드리고 틀어 올렸다. 이번에는 아예 정수리 쪽으로 한껏 치켜올려서 틀었다. 뒤꼭지에다 틀어 놓으니 베개 베고 눕기도 불편하고 자꾸 헝클어지고 비녀에 찔린다. 할매는 쪽 찐 머리를 더듬더듬 만져 보더니 마음에 안 차는 모양이다. 입을 옴지락거려 무슨 말인지 하려다 만다.

"할매, 거울 한번 보실랍니꺼? 잘 됐어예."

경대를 다시 끌어다 할매 앞에 놓았다. 거울 속에 비친 모습을 얼핏 보더니 경대를 획 밀쳐 낸다. 입은 살짝 돌아가 삐뚤해지고, 입술은 제대로 다물어지지도 않는다. 할매는 그런 모습이 보기 싫은 거겠지. 경대를 한쪽으로 밀어 놓으며 말했다.

"할매예, 인자 저도 머리 잘 만지지예? 할매 머리는 날마다 제가 다 해 드릴 테니까 걱정 마이소. 거울 안 봐도 제가 다 할 수 있어예."

그러나 할매는 정수리 꼭대기까지 치켜서 틀어 올린 머리가 영 마뜩찮은지 자꾸 뒤꼭지로 끌어내린다.

"아, 할매예! 그거 베개 베고 누우면 배긴다고 좀 올려서 그래예. 자꾸 그래 끌어내리면 베개에 또 배길 건데."

할매도 그만 단념했는지 담뱃대로 베개를 끌어다 털썩 눕는다. 몸을 옴찔거려 옆으로 고개를 돌려 눕더니 소리 죽여 운다. 단정하게 쪽 쪄 비녀를 꽂은 할매의 고운 머릿결을 떠올리니 나도 울컥 눈물이 솟는다. 경대를 그만 치워 버리기로 마음

먹었다. 얼레빗만 꺼내 놓고 경대는 벽장 저 안쪽으로 밀어 넣어 버렸다.

할매 머리는 두어 시간이 멀다 하고 매만져도 사자 갈기처럼 흉하게 헝클어져 내렸다. 수세미처럼 엉킨 머리카락을 살살 달래 가며 풀고 빗다 보면 손가락이며 빗살에 머리카락이 꺼멓게 빠져나왔다. 바닥에 떨어진 머리카락까지 쓸어 모아 돌돌 뭉치면 제법 한 움큼은 돼 보였다. 할매는 빠져나온 머리카락을 보며 또 입을 크게 벌리고 "하아아악 하악." 울었다.

날이 저물어 가는데 강 건너 시집간 막내 고모가 왔다.

"할매가 아프니 니도 욕본다. 그래도 니가 내보다 낫다."

막내 고모는 병구완도 못 하는 자기 처지가 미안한지 내 손을 붙잡고 울먹거렸다.

"언니도 고생 많제? 바깥일 하랴 환자 돌보랴. 우짜노? 하루 이틀에 끝날 일도 아닌데 마음 눅게 묵고 살살 대강 해야지."

고모는 앉지도 않고 헐렁한 일 바지를 꺼내 갈아입고 나선다.

"야야, 오늘 하루는 고모가 하께. 니는 좀 나가 놀아라. 한

창 놀 땐데 할매 옆에서 니가 생고생이다."

고모는 수건을 적셔 겨드랑이며 등이며 구석구석 닦아 드렸
다. 다음에는 물빗질을 해 가며 머리도 곱게 빗겨 비녀까지 단
정하게 찔렀다. 오랜만에 참 곱단한 모습이다. 할매는 역시나
손을 더듬어 쪽 찐 머리를 만지더니 살짝 웃는다. 마음에 드는
가 보다. 그러나 눕자마자 이리저리 꼼지락꼼지락 비비더니 결
국은 비녀를 빼서 던져 버리고 "하아아악 하악." 운다. 고모는
영문을 모르고 "엄마. 엄마." 불러 댔다.

"고모예, 머리가 배기고 불편해서 그라는 거 같은데예. 요렇
게 밑에 묶으면 불편합니더."

금세 와자자 헝클어진 할매 머리를 쓸어 만지면서 고모도
따라 울었다.

"엄마, 그리 곱던 우리 엄마가 그래, 이기 무슨 일인교?"

다음 날 아침을 먹고 막내 고모는 큰 결심이나 한 듯이 나를
불렀다.

"야야, 가위 찾아온나. 보재기는 어데 있노?"

고모는 보자기를 넓게 펴 놓고 할매를 일으켜 앉혔다. 비녀
를 뽑고 끝댕기도 풀어 던지고 땋은 머리를 풀어 내리더니 가

위를 가져다 댔다.

"엄마, 환자가 꼴 보고 미 보고 우째 사노? 편한 기 제일이지. 하루에 몇 번씩 쪽 찔 수도 없고, 천 날 만 날 누워 살 긴데 뒤꼭지가 편해야지. 올케 손으로는 이거 못 한다. 내가 해야지."

누가 쫓아오는 것도 아닌데 고모는 혼잣말을 빠르게 중얼거리면서 가위질도 재깍재깍 휘리릭 해치웠다. 머리카락이 쑹덩 잘려 보자기 위로 투두둑 떨어졌다. 옆에서 보고만 있는데도 가슴이 턱 막힌다.

"아, 할매예."

한숨처럼 할매를 불렀다. 바닥에 떨어진 머리카락을 쓸어 모으면서 고모가 울고, 뎅그렇게 잘려 나간 머리를 만지면서 할매도 울고. 할매 손을 잡고 내가 울고, 부엌에 있던 엄마도 울고. 집 안에 있던 여자 넷이 모두 한참 동안 울었다.

보자기에 머리를 다 쓸어 담아 똘똘 뭉쳐 들고 일어나면서 고모가 코맹맹이 소리로 말했다.

"아이구 내 속이 다 시원하네. 엄마, 시원하고 가볍고 좋제? 젊은 사람들 같네. 머리카락은 밥만 묵으면 길어 나오는데 뭐. 인자 한번 누워 보소, 얼매나 편할 껀데."

할매는 고모가 나가고도 한참 동안 더 울었다. 기운이 다 빠질 때까지 울다가 잠이 들었다.

방바닥에 빼 놓은 백통 비녀를 주워 들었다. 비녀 머리에는 무궁화 꽃인지 목단인지 꽃잎 같은 것을 새겨 놓았다. 할매는 이 비녀를 다시 꽂을 수 있으려나. 끝댕기도 주워 벽장 안에 밀쳐 둔 경대 서랍에 넣었다. 얼마나 오랫동안 할매 머리를 묶고 있었을까. 끝댕기는 기름기에 절어 반닥반닥해져서 천으로 만든 건지 가죽으로 만든 건지 잘 알아볼 수도 없다.

서랍에는 할매가 아끼고 아끼던 비취옥 비녀도 있었다. 푸른 빛이 나는 비취옥 비녀로 쪽을 눌러 꽂고 손거울을 들어 경대에 뒷모습을 비춰 보던 할매.

'우리 할매, 머리 곱게 빗어 옥비녀 찌르고, 까슬까슬 풀 먹인 모시 적삼 입고 나설 날이 돌아오기나 할까?'

막내 고모가 돌아가고 나는 할매 옆에 꼭 붙어 있었지만 아무 말도 하지 않았다. 책 보고 뒹굴뒹굴 놀다가 할매 오줌 뉘어 드리다가 숙제하다가, 오후 내내 할매도 나도 말을 잊은 사람처럼 지냈다. 하품을 하다가 마당에 닭을 쫓다가 깜빡 잠이 들었다. 일어나니 할매 혼자 뎅그런 머리를 쓸어 붙이면서 소리 없이 울고 있었다.

"어머이, 머리……."

아버지가 퇴근해 들어오다가 멈칫 놀라는 것 같더니 금방 입을 다물었다. 아버지도 저녁밥 먹을 때까지 할매 옆에 앉아 묵묵히 신문만 뒤적거렸다. 들일 갔던 엄마가 들어와 저녁을 먹고, 온 식구가 다 잘 때까지 누가 먼저 크게 말하는 사람 하나 없었다.

두 달짜리 독립 만세

할매 옆에서 배를 깔고 엎드려 책을 읽다가 잠깐 낮잠이 들었던 모양이다. 놋재떨이에다 담뱃대를 깡깡깡 두드려 대는 소리에 눈을 뜨는데, 내려다보고 앉았던 할매는 금방 염불 아닌 염불을 외워 댄다.

"나무우 관셈보사아알. 잠이 보배지. 등더리만 붙이마 잠이 들고 눈꺼풀만 붙이마 잠이 들며 얼매나 좋겠노?"

'아이구, 또 저 소리. 내가 우얀다고 또 할매 옆에서 낮잠을

잤노.'

선잠을 깨고 보니 말동무도 못 해 드리고 혼자서 낮잠만 잔 게 미안한 건 잠깐이다. 도리어 할매한테 심술이 끓어올라 눈을 내리깔고 입을 쑤욱 내밀고 일어나 앉았다.

큰방 벽에 뚫어 놓은 창구멍으로 작은방 이야기 소리가 넘어온다. 형광등 하나로 큰방에 작은방에 마루까지 세 방을 한꺼번에 밝힌다고 벽 모서리를 꿰뚫어 놓으니, 이 방 저 방 이야기 소리뿐만 아니라 겨울밤에는 황소바람이 매섭게 드나들었다.

'오늘 내 요 이불 꾸민다고 했는데 작은집 이듬 아지매가 같이 거들어 주나?'

손가락을 세워 머리를 쓱쓱 내려 빗으며 창구멍 쪽으로 귀를 기울이는데 이듬 아지매 목소리가 들려온다.

"진산 저어넘이 한참 머라 카시더라."

"……."

'또 종조할매가 뭐라 캤단 말이가? 오늘은 또 무슨 일로 그래 쌓노?'

"저거 애비 등에 콩이 튀는 줄도 모르고, 민한 가스나꺼정 객지에 내보내 공부시킨다고 안 그카시나."

"……."

'뭐시라? 그라마 이번에는 내 공부하러 가는 것 가지고 그란 단 말이가? 하이고오, 내 있는 데서는 자랑시럽다고 장하다 고 그리 칭찬해 쌓더마는 없는 데서는 민한 가스나라고 고등 학교도 보내지 마라 그 말이가?'

"지 오래비들 공부도 다 안 끝나고 주무이 열어 놓고 살민 서, 돈 걱정이 떠날 날 없는 집구석에 딸래미꺼정 방 얻어 공 부시키러 보낸다고 안 카시나."

'아아니, 그라면 딸은 공부도 하지 말라는 말이가? 민한 가 스나라고? 이래 쪼달리게 만든 사람이 누군데?'

용이 아재 사고 났을 때, 종고모 댁 장리쌀만 안 썼어도 우 리 집이 이래되지는 않았을 거다.

"현동댁에서 그저 주지는 몬해도 장리쌀은 헐하게 갔다 써 라 캅디더. 그기라도 쫌 거들어 준다고."

"사촌이 있는데 이자 헐하다고 넘으 집 장리를 쓰머 동네에 서 사촌끼리 언간이 못 지내는가 하고 흉볼 낀데."

엄마는 아버지 그 말에 두 말 않고 종고모댁 장리를 썼다.

가을걷이를 하면 우리 식구 하나도 안 먹고 모두 넘겨줘도 다 갚을락 말락 하다고 했지. 그런데 가실도 안 했는데 불쑥 와서, 그 돈을 다 내놓으라는 거다. 종고모는 꼭두새벽부터 와서 아버지가 계신 사랑방 문을 꼭 닫고 몇 시간을 다그쳐 댔다.

"형님, 가실을 해야 뭣이라도 나오지예. 애비 출근은 시키야 안 되겠습니껴?"

안으로 걸어 잠궜는지 엄마는 방문을 잡고 어찌나 애절한지, 차마 볼 수가 없었다. 아버지 목소리는 거의 들리지 않고 종고모 목소리만 방문을 뚫고 나와 온 마당에 울려 퍼졌다.

"아이고오오 우리 식구 다 길에 나앉던동 말던동 가실까지 기다리라고? 지금 안 갚을라 카믄 나는 집에 몬 가고 여기서 죽는 기 낫다."

"형님, 사람이 나와야 어데서 둘러대든지 알아보든지 할 거 아인교. 가실해서 갚을라꼬 쓴 기 장리쌀인데 이래 하루아침에 당장 내놓으라 카먼 우짜능교?"

엄마는 애가 타서 방문을 잡아 흔들어 보지만 안으로 잠긴 문은 열릴 줄을 몰랐다. 그렇게 아버지 출근 시간이 지나도 한참이나 더 지난 뒤에 사랑방 문이 열렸다.

"선아아아. 방에 가서 인감도장 가지고 오너라."

기어이 뒷들 논을 넘겨주기로 하고 아버지는 겨우 종고모 앞에서 풀려나신 거였다. 돈장사해서 부자가 되었단 말이 무슨 말인지 깨닫는 날이었다. 아버지는 단 몇 시간만에 논 한 뙈기를 넘기고 핼쑥한 얼굴로 자전거를 끌고 출근하셨지.

'우리 집 살림이 그때부터 오그라 붙었지. 약속이고 뭐고 없이 날벼락처럼 들이닥쳐 뺏아 간 기 누군데.'

'쪼들리는 살림에, 저거 아버지 등에 콩이 튀는 줄도 모르고 객지에 공부하러 간다고? 자기 딸이 이래 만든 거를 몰라서 그라나?'

몇 해 전 일이 바로 눈앞에 펼쳐지면서 내 속이 다 뒤틀리는 것 같은데, 그런데 엄마는 아무 말이 없다.

'그 일은 그 일이다 치고 저거들한테 돈 보태 달라고 하나? 민한 가스나꺼정 공부시킨다고?'

"형님, 우리는 딸이라고 공부 안 시키고 그래는 못 합니다. 지가 공부 몬해서 몬 가면 몰라도 저마이 해 쌓는데 우예 딸이라고 지 앞길을 막습니껴? 우리는 딸래미라도 그래 안 키았습니다."

나는 엄마가 그래 말해 줄 줄 알았다. 그러면 내 속이 시원해질 것 같았다. 그런데 엄마는 아무 말이 없다.

'엄마가 무슨 죄라도 지었나? 와 아무 말도 몬 하노?'

이쪽 방에 앉은 내가 더 답답했다. 아니 답답한 것이 아니라 집안 어른들이라는 사람들이 한꺼번에 다 밉고, 갑자기 내가 딸로 태어난 것이 서러웠다. 작은집 아재들이나 아지매들, 종조할매들 모두들 내가 가면 얼매나 이쁘다 해 쌓았노?

"아이구, 엽렵해라."

"우예 저래 연한지. 저거 할매한테 하는 거 쫌 봐라, 연한 배다. 어데 연한 배가 우리 야야만치 연하겠노?"

"야 이넘아, 야야 신 벗어 놓은 데라도 좀 따라가 봐라. 어른들 말을 우예 저래 잘 받드는공. 입에 쌔겉이 안 하나. 입에 쌔보다 낫다, 하모. 입에 쌔도 물릴 때가 안 있더나."

"도도한 우리 참산 질부, 딸 하나는 얼매나 잘 키아 놨는지!"

작은집에 심부름을 가거나 놀러 가면 늘 그래해서 정말 온 집안 어른들이 다 날 이뻐하는 줄 알았다.

'그런데 뭐? 민한 가스나 공부는 와 시키냐고 그랬단 말이

지? 엄마는 와 아무 말도 못 하고 있노?'

그때까지 아무 말도 안 하고 듣고만 있던 엄마가 입을 열었다. 그런데 엄마 말은 내가 기다리던 그런 말이 아니었다.

"아이구, 형님요. 자슥 이기는 장사 없다꼬, 지가 저래 할라 카는데 책을 부수께 갖다 넣을 수도 없고 우얍니꺼? 암만 민한 가스나라도 지가 저래 명을 떠 놓고 시작하는데 부모가 져야지 우얍니꺼?"

'아니 아니, 저기 무슨 말이고?'

"저거 아바이도 안 캅니꺼. 나가서 광대짓 할라 카는 것도 아이고, 우리 쬐이는 기사 이왕 쬐이는 거, 암만 가스나라도 공부할라 카는 넘을 우예 막겠노 카네예."

"울미불미 시험이라도 한번 치 보자 안 캅니꺼. 차라리 시험 치가 떨어지면 마음 고치묵겠지 싶어서 시험은 치 보라 캤더마는 저래 처억 달라붙으이 그거를 우얍니꺼? 도에서 공부 좀 한다 카는 아아들은 다 모이가 육백 명을 뽑는데, 그중에서도 십구 등으로 붙었다 카네예. 그 말을 듣고 저기 고마 더 매달립니더."

엄마 말을 들으니 내 속이 더 답답해졌다.

'내가 언제 그랬다고? 엄마는 언제 내 공부 못하라 칸 적이 있다고? 엄마는 와 없는 일을 지어내서 저카고 있노? 시험이나 쳐 보라 캤다고? 꼭 붙어라꼬 찰밥해 주고, 마산에서 미리 자고 시험 치는 날 편하게 가라고 여관에서 자는 돈까지 내줬으면서.'

큰방 문을 확 열어젖히고 나왔지만 선뜻 작은방으로 들어갈 수가 없다. 문을 열고 나오는 기척을 들었던지 이듬 아지매가 작은방 문을 열고 나왔다.

"야야, 자더마는 언제 깼노? 새살림 채리가 공부하로 가서 좋재? 엄마가 새 이불도 끼미고 있네."

서둘러 축담에 내려서는 이듬 아지매한테 고개를 숙여 인사를 하는데 전에처럼 그래 인사가 나오질 않았다.

"머슨 인사가 그래 고개만 까딱하노?"

엄마는 날 한 번 올려다보며 나무라고는 이불 꿰매는 커다란 바늘을 머리카락에 대고 한 번 스윽 문지르더니 바느질을 시작했다. 하지만 마음이 잡히질 않는지 서너 바늘 꿰매다 말고 그냥 척척 접어 구석에 밀어 놓고는 일어섰다.

"소죽 끓일 때가 됐나? 여물이 있는강 모르겠다. 보오쌀도

꿇이야 밥을 안칠 끼고……."

엄마 뒤를 따라 정짓간으로 들어서면서도 나는 가슴만 답답해 왔다. 일찍 저녁을 먹고 할매 옆에 누우니 잠이 오질 않았다. 책도 눈에 들어오질 않고, 라디오에 귀를 갖다 대고 누웠지만 그렇게 재미있게 듣던 〈법창야화〉도 아무 재미가 없다.

방문을 열고 나와 찬장 문을 열었다. 나중에 살림 날 때 가져갈 그릇이나 몇 개 챙겨 두자. 삼촌 장가갈 때, 고모 시집갈 때나 두어 번 쓰고 넣어 둔 그릇들이 가지런히 포개져 있다. 물고기 모양으로 생긴 오목한 그릇, 나뭇잎이 두어 장 깔끔하게 그려진 접시들이 참 예뻤다. 크고 작은 그릇들을 모양마다 두 개씩 두 개씩 꺼내서 헌 종이를 가져다 한 장씩 깔고 포개 놓는데 내다보고 앉았던 할매가 또 시작했다.

"나무우 관쎄엠보살. 아이구 야야, 니가 가믄 나는 인자 우야노? 자다가 오줌은 뉘가 뉘야 주고, 너거 엄마 들에 일하로 가고 나머 똥은 누가 뉘야 주노?"

안 그래도 어지러운 마음에 할매까지 거들어 속이 정말 터질 것 같다. 방문 앞에도 혼자 힘으로 나와 앉지 못하는 할매한테 뭐라 말도 한마디 못 하고 혀만 소리 나게 쯧쯧 차 대면서 그릇만 챙겼다. 오늘은 할매한테 듣기 좋은 말로 달래 주기도 싫다. 어린양도 부리기 싫고. 들은 척도 않고 입을 꾹 다물고 앉았으니 할매 한탄은 더 길게 늘어졌다.

"너거들은 마산도 가고 부산도 가고, 가고 잡은 데 다 가는데, 나는 운제 또 일나서 그래 휘이휘이 댕기 보겠노? 아이고 답답은 내 팔자야."

"영감 영감 내 좀 데불고 가소. 아이구 영감, 박광봉이 영감요, 기팔 양반 우리 영감아, 야야 저거 없으면 절간 겉은 이 집을 우야능교?"

"미느리 미느리 우리 미느리, 황소겉이 일만 하는 우리 미느리, 들일에 밭일에 이 늙은이를 우야겠능교? 이 말이 들리머 고마 오늘 밤에, 자는 잠에 날 좀 데불고 가소. 어이, 이 영감아. 구신이라도 있으마 내 말 좀 들어주소."

아이구 또, 결국에는 이까지 왔다. 할매 입에서 '박광봉이 영감'까지 나오면 인자 조금 있으면 울고 말 텐데. 할매가 소리도 제대로 못 내고 입만 크게 벌려 울기 시작하면, 우리는 주먹을 쥐었다 폈다 손수건으로 입가를 닦아 드리다가 팔을 주물러 드리다가 다리를 쭈욱 펴서 눌러 드리다가 어쩔 줄을 몰랐다.

목줄이 빳빳하게 붉어지고 이마에 굵은 힘줄이 서고 그렇게
온 힘을 쏟아 울다가는 금방이라도 핏줄이 모두 터져 버릴 것
같아서 겁이 더럭 나곤 했다. 할매 한탄이 그렇게 길어지자 엄
마가 작은방 문을 열고 소리를 질렀다.

"민한 가쓰나 살림 나는 기 뭐시 그래 대단타꼬 잠도 안 자
고 설치노? 고마 안 넣어 놓나? 아무 끼나 주는 대로 갖고 갈
끼지 잠도 안 자고 챙길 끼 머시 있노? 어서 안 들어가나?"

민한 가쓰나라고? 우리 엄마 같지가 않았다. 그것도 할매가
듣는 데서 저래 있는 대로 소리를 다 지르고. 군대 갔다 휴가
나와 있던 작은오빠가 아랫방에서 나와서 엄마를 말렸다.

"아이고, 오매요. 그기 무슨 시근이 있겠능교? 어린 마음에
살림 나가 본다꼬 지 딴에는 설레는 갑그마는. 고마 머라 카
소. 이쁜 그륵 챙기는 거 보이 딸래미는 딸래미네. 나는 저기
선머슴아 곁애서 어데 치아 묵겠나 싶더마는."

"할매, 작은손자가 쪼매 있으면 제대한다 아이요. 내 제대
하면 우리 할매 업고 온 동네에 훠이훠이 댕기 주께. 야야 없
어도 쪼매마 참으소. 우리 할매 리아카 티아가 내 저 수산 장
에도 갈 끼다. 아이다, 부산에도 가고 마산에도 가고 구경 다

댕깁시다."

오빠가 나서는 바람에 엄마는 작은방 문을 닫으면서 한마디를 덧붙였다.

"하고 싶은 공부 좀 시키 도라꼬 울미불미 그래 씨야 싸서, 할 수 없이 보내 준다 캤으마 고마 얌전하이 엎디리 있다가 갈 때 되면 살째기 갈 끼지. 온 집구석을 들쑤시 놓고 식구들 잠도 몬 자구로 지 살림 챙기고 있나 그래."

할매도 담뱃대를 쭈욱 밀어 놋재떨이를 끌어당기며 한마디 했다.

"귀경은 머슨 귀경, 넘들한테 중풍 든 할마씨 여 있다 카고 귀경시키 줄라꼬?"

"미야, 어서 그륵 넣어 놓고 들어가라. 그 그륵 엄마 시집올 때 사 온 그륵이라꼬 디기 애끼는 기다. 어떤 거는 엄마 시집 와서 부산서 새살림할 때 하나둘 사 모은 것도 있고. 엄마가 젤 애끼는 그륵이라서 엄마가 그래 성났는 갑다. 고마 잊아 뿌고 자라."

작은오빠가 그렇게 다독거려 주었지만 그날 밤에는 정말 잠이 오지 않았다. 할매 옆에 누워 이리 뒤척 저리 뒤척 잠을 잘

수가 없었다. 엄마가, 우리 엄마가 딸 공부시키는 것까지 그렇게 온 집안의 눈치를 보면서 시키고 있다는 걸 그날 처음 알았다. 그저 내가 공부 잘해서 학교에서 칭찬받으면 그게 우리 엄마 힘 나는 일이라 생각했다. 남들이 못 가는 좋은 고등학교에 터억 붙으면 그걸로 힘겨운 우리 엄마 얼굴도 좀 펴이겠지 하고 아무 생각 안 하고 공부를 했다.

"여자도 지 직장이 실해야 한데이. 여자가 지 일이 번듯하이 있으마 넘들이 시피 보지도 안하고 어데 가도 대접 받고 산다. 니는 니 일 당당하이 하민서 넘한테 시피 보이지 말고 살아라."

"여자 직장으로는 선생이 좋겠더라. 내가 보이 여자 직원이라꼬 함부로 안 하는 데는 학교가 젤이더라."

"여자 약사도 좋겠더라마는 그래도 선생이 낫겠다. 약사는 지 돈벌이할라 카마 지 속을 개리고 입에 발린 소리를 할 때도 있을 끼다."

엄마가 가끔 이런 말을 하면 속으로 내가 선생이 되면 우리 엄마가 좋아하겠구나 싶어 공부에 열심을 냈다. 그런데 내 공부를 시키면서 그렇게 식구들한테 엄마는 죄짓듯 눈치를 보고 있었다니.

그러고 보니 고등학교 시험을 치기 전에도 막내 고모를 붙잡고 전에 없던 말을 했다.

"야야는 고마 중학교만 졸업시키고 할매 수발이나 들어라 카고 집에 데리고 있으면 딱 좋겠는데, 저기 공부 욕심이 많아서."

"언니야 머라 카노? 아깝지도 안 하나? 그래 잘하는 공부를 그냥 썩하면 안 된다. 암만 힘들어도 언니야, 야야는 마산여고에 보내야 된다."

"공부가 아깝기는, 애기도 어데 공부가 모지래서 못 갔나 어데?"

"언니야 머라 카노? 세월이 다르다 아이가? 우리 때는 여자가 중학교만 나와도 마이 핸 기고, 우리 야야는 대학교꺼정은 나와야 된다. 암말 말고 보내라. 그라다가 아아 가슴에 못 박는다. 영 걱정되면 우리 집 옆에 데리다 놓고 내가 한 번썩 챙기 주께."

막내 고모는 중학교만 졸업하고 시집갈 때까지 집에서 살림을 거들었다. 엄마는 큰아들은 객지에 내보내서 더 공부를 시키면서, 아들하고 동갑짜리 시누이는 그냥 눌러앉힌 것을 늘 마음에 걸려 했다. 그런데 내가 고등학교에 가게 되니 막내 고모한테 제일 먼저 마음이 쓰였던 모양이다. 막내 고모가 그렇게 펄쩍 뛰면서 "다시는 그런 말 말고 지 하고 싶은 데꺼정 공부를 시켜야 한다."고 말을 해 주자 엄마는 더없이 고마워했다.

다음 날, 엄마는 작은방 구석에 밀쳐 두었던 이불을 끌어당겨 마저 꾸몄다. 솜 펴는 것도 거들고 바늘을 갖다 실을 꿰어 주면서 옆에 앉는데, 엄마가 그랬다.

"이전에 너거 외할매가 내 시집올 때 이불 끼미민서 카시더라. 맵다 매운 시집살이 이 오매가 해 준 요 이불에 몸 푹 묻고 맘도 풀고 서럼도 달래라꼬."

"자취하는 기 그래 좋은 줄 아나? 탄불 꺼져, 반찬 떨어져, 시집살이보다 덜한 거 하나 없을 끼다. 방이 춥으마 요 이불이라도 폭딱해야재."

엄마는 내 요 이불 한 채를 꾸밀 거라고 헌 이불을 두 채나 뜯었다. 새 솜이 들어가야 따뜻하다고 새로 따 두었던 미영을 이고 가 솜을 타 오더니, 헌 이불솜을 이고 밀양 읍내 솜 공장까지 두 번을 더 다녀왔다. 그동안 집안 식구들 입에 안 오르내릴라고 얼마나 조심조심 그 먼길을 다녔을까.

고등학교 입학식을 이틀 앞두고 마산으로 살림을 났다. 엄마는 편찮으신 할매를 두고 집을 비우면 안 된다고 했다. 요 이불에 베개에 갈아입을 옷가지를 챙겨서 보따리 하나를 만들었다. 냄비 큰 것 하나 작은 것 하나, 스텐 그릇 두어 개, 접시 몇 개, 숟가락 젓가락 두 벌, 된장과 고춧가루, 깨소금, 소금 조금씩 싸고 한동안 먹을 쌀을 자루에 조금 담아 보따리 하나를 더 만드니 그것도 작은 것이 아니다.

하나는 머리에 이고, 하나는 한 손에 들고 집을 나서는데 눈물이 어쩌나 그렁거리던지. 큰방 문을 열고 손을 휘휘 내젓는 할매도 잘 안 보이고, 뒤따라 나오다가 동네 어구에 서서 손을 흔들고 있는 엄마도 자꾸만 안 보였다.

마산 시외버스 정류장에 내려서는데 같이 자취할 동무 엄마가 내 커다란 보따리 두 개를 걱정스럽게 내려다본다.

"저 우에, 산복도로 우에까지 가야 되는데."

"아까 백산서 수산까지도 잘 갖고 왔는데예. 괜찮습니더. 가입시더."

아저씨 한 분이 리어카를 끌고 와서는 산복도로까지 올라가는데 육백 원이란다. 자취방 한 달 월세가 이천 원인데. 우리는 그냥 이고 가기로 하고 큰 보따리를 이고 일어서는데 동무 엄마가 또 한마디 하신다.

"엄마가 마이 아푸나?"

대답도 하기 전에 눈물이 쏟아졌다. 선생 집 외동딸이라고 들었을 테지. 그런데 그 선생 집 딸래미가 자취 살림이라고 나면서 아무도 없이 지 혼자 보따리 두 개 들고 나선 걸 보면, 엄마가 아파도 얼마나 아프면 이래 혼자 내보냈겠노 싶었겠지. 한 손으로 머리에 인 보따리를 잡고 다른 손으로 쌀자루까지 한데 묶은 무거운 보따리를 들고 길을 걷는데 눈물이 흘러도 닦을 수도 없다. 길이 흐릿하다가 길바닥이 흔들거리다가 우는 걸 들키지 않으려는데 눈물은 내 뜻대로 되질 않았다.

"그래, 아파 못 오는 엄마도 누워 있어도 마음이 얼매나 되겠노? 낼이라도 낫으마 안 오겠나."

동무 엄마는 보따리 하나를 들어 주지 못해 미안해하면서 앞서서 걸어갔다. 내가 맨 뒤에 처져서 따라가는 것이 얼마나 다행스러운지. 한참을 걷다 보니 목도 아프고 팔도 빠지는 것 같다.

보따리를 몇 번이나 털퍼덕 하고 길바닥에 내려놓고 쉬었더니 나중에는 이불 보따리가 추욱 처져서 머리에 이면 얼굴까지 푹 덮어서 길을 잘 볼 수도 없다. 그런데 그 이불이 그렇게 얼굴을 가려 주어 나중에는 차라리 고마웠다. 이불 보따리를 이고 울면서 울면서 가는 모습을 사람들한테 들키지 않았으니까. 그렇게 힘들게 자취 집을 찾아가 보따리를 내려놓고 나서 한 열흘은 목을 제대로 쓸 수가 없었다. 무거운 걸 이고 그렇게 씨름을 했으니 목이 탈이 나도 날 수밖에.

새로 입학한 고등학교 공부는 중학교 때와 별로 다르지 않았다. 남학생이 없고 여학생만 있다는 것, 반 동무들이 다들 자신감이 대단하다는 것, 그런 것 말고는 학교 생활도 특별히 다른 것이 없었다. 뭐 아주 특별한 것이 하나 있다면 우리들 한 달 방세가 이천 원인데 그 두 배나 되는 사천 원, 그렇게 큰돈을 들여 학원을 다니는 아이들이 아주 많다는 것이었다. 한 과목에 사천 원 한다는 학원을 영어, 수학, 국어, 거기다 레슨비가 몇 만 원이나 된다는 피아노, 그런 것까지 다 다니는 아이들이 수두룩한 것이 특별한 일은 특별한 일이었다. 그런 아이들 이야기를 들으며 문득 육백 원 하는 리어카를 마다하고 그 무

거운 보따리를 이고 들고 한 시간나마 비탈길을 걸어 올라오던
일이 떠오르기도 했다.

학교를 마치고 집으로 돌아가면 달랐다. 냄비에 쌀 조금 씻
어 놓고 보글보글 끓여서 해 먹는 냄비 밥은 그렇게 구수하고
맛이 있었다. 반찬이 떨어져 간장만 두어 순가락 넣어 비벼 먹
는 때가 많았지만 그것도 꿀맛이었다. 연탄불은 얼마나 잘 꺼
지던지. 연탄을 아낀다고 불구멍을 너무 꼭 막아 놓아서 불이
채 붙지도 않고 꺼져 버리기 일쑤고, 어쩌다 불구멍을 좀 낮게
열어 놓은 날은 아예 하얗게 다 타 버려서 언제 불씨가 꺼졌는
지 재가 싸늘하게 식어 버렸다.

그러나 그렇게 추운 방에서 웅크리고 누웠어도 좋기만 했다.
저녁에 텔레비전은커녕 트랜지스터 라디오 하나 없는 고요한
자취방에 배를 깔고 엎드리면 드디어 독립을 했다는 기분, 해
방이 되었다는 생각에 날아갈 듯 홀가분했다. 엄마의 무거운
한숨과 할매의 길고 긴 한탄, 누구에겐지 모를 아버지의 원망
그런 것들이 사라진 것, 아니 나한테서 멀리 떨어지게 된 것이
내 마음뿐만 아니라 몸까지 날아갈 듯 가볍게 만들었다.

마산에 있는 동안만은 아무도 나를 '선생 딸'로 생각하지 않

았다. '참산댁이 집 엽렵한 양념딸'도 아니었다. "입에 쌔 같은 기팔댁이 집 손녀"라고 부르지도 않았고, 아무도 나를 "연한 배 같다."고 말하지도 않았다. 그냥 '선미, 박선미'였다. 그것이 무엇보다도 나를 날아갈 듯 홀가분하게 만들었다. 길에 떨어진 휴지를 본 척도 하지 않고 그냥 지나가도 뒤가 땡기지 않아서 좋았다. 옆집 아줌마가 우리 쓰레기통에 슬그머니 연탄재를 갖다 놓으면 연탄재를 도로 주워다 '탁' 하고 던져 주고 눈을 흘기며 돌아서더라도 아무도 날더러 "선생 딸이 그래가 되겠나?" "저거 참산떼기 집 딸 맞나?" 하지 않았다.

그러다 보니 토요일마다 집에 가는 것도 한 번씩 건너뛰게 되었다. 토요일 일요일에 집에 가지 않고 시내에 나가서 할 일 없이 돌아다니는 것도 재미있었다. 쌀이 모자란 듯해도 조금씩 아껴 먹으며 한 주일을 버티곤 했다. 나는 그냥 공부하러 마산에 온 것이 아니라 완전히 내가 독립이 되었다는 생각에 들떠 있었다. 그렇지만 그것도 두 달을 넘기지 못했다.

밭머리 병구완

　오랜만에, 그러니까 한 달 만에 집으로 가는 길. 통학생과 자취생들로 미어터지는 시외버스에 올라타고 보니 이제야 슬그머니 집 걱정이 된다. 한 달 동안 집에도 안 갔을뿐더러 집 생각도 하지 않았다. 아니, 집 생각 따위는 안 하려고 아주 기를 쓴 거다.

　'여기 와 있는 동안은 집 걱정일랑 말자.'

　'그래, 집 일은 고마 잊어버리자.'

머리 절레절레 흔들어 지워 버리려고 했던 게 한두 번이 아니다. 집에서 가져온 반찬이 다 떨어져서 간장 한 숟가락 넣고 비벼 먹으면서도 버텼다. 연탄 들일 돈도 떨어져 자취방 구들엔 불 구경한 지 오래, 눅눅하고 찬 기운이 스며 등짝이 시려도 이불 둘둘 감고 버텼다. 그래도 좋았다. 혼자 있는 고즈넉한 그 시간들이 정말 좋았다. 처음으로 맛보는 나 혼자만의 시간이 어찌나 달디 달던지, 집 걱정 따위로 내 속을 들볶고 싶지 않았다.

'내 안 간다고 할매가 어찌 되기야 할라꼬.'

마음 독하게 먹었다. 그 모든 걸 혼자 감당할 엄마가 슬그머니 걱정되기도 했지만 눈 딱 감았다.

처음 얼마 동안은 학교에서도 마음은 자꾸 집으로 쫓아갔다. 집 이야기를 꺼낼 때마다 동무들은 타박을 했다.

"니가 곱게 커서 아직도 엄마 젖을 못 뗐제?"

내 속을 남들이 어찌 알아. 엄마만 버리고 혼자 도망 온 것 같은 죄스런 마음을. 학교에서 돌아와 깜깜한 자취방 앞에서 자물통을 더듬거려 열쇠를 쑤셔 넣다가도 엄마 생각이 나면 금세 먹먹해지는 내 속을 어찌 알아.

'엄마는 오늘도 할매하고 얼매나 씨름을 했겠노?'

쉬어 빠진 김치에 콩자반 달랑 한 숟갈 덜어 놓고 그래도 밥
이라고 김 솔솔 나는 양은솥 채로 들고 앉으면 또 코끝이 시렸
다.

'엄마는 밥 한 때 먹으면서 열댓 번은 일어났다 앉았다, 할매
수발들면서 밥이 코로 들어가는지 입으로 들어가는지 모
르고 겨우겨우 한 때 넘길 텐데.'

밥 다 먹고 숟가락 놓을 때까지 오로지 밥만 먹을 수 있는
그 한갓진 시간이 어쩌나 달콤하던지. '달코오오옴'하다고 느
끼는 순간 엄마한테는 죄를 짓는 것 같아 코끝이 시려 왔다.

가물가물 꺼져 가는 연탄불을 살리면서도 울컥 목구멍까지
올라오는 눈물을 꺽 삼켰다. 봄에 보고 온 엄마가 또 빙빙 떠
올라서.

혼자서 아래채 소죽솥에 불 밀어 넣고, 안채 부엌으로 달려
가 저녁 밥솥에 불 밀어 넣고, 방에서 할매가 부르면 또 달려가
고. 밥솥에 지펴 놓은 불이 우르르 타서 아궁이 밖으로 춤을
추니 신발도 꿰어 신지 못하고 부엌으로 내달리고. 혼자서 어
둑한 집 안을 동동거리던 엄마. 차마 엄마를 부르지 못하고 마

당 끝에 서서 그런 엄마만 보고 있었더랬지.

학교 운동장가에 빙 둘러 피었던 벚꽃이 다 지고, 뾰족뾰족 새잎이 돋고, 그 잎이 제법 자라 반짝반짝할 때까진 엄마가 문득문득 떠올라 괴롭기만 하더니. 요 한 달, 놀랍게도 엄마 생각도 집 걱정도 흐릿하게 잊어버리고 살았던 거다. 애써 잊으려고 할 때는 불쑥불쑥 튀어나와 괴롭히던 그 걱정들이 아득하게 사그라지다니.

집으로 가는 버스. 어쩌나 빽빽이 탔는지 손잡이를 잡지 않아도 옴짝달싹 못 하는 그 속에 끼어 서니 갑자기 엄마와 할매가 한꺼번에 확 살아난다.

'한참 밭일이 많을 땐데 엄마는 어짜고 사는지.'

'할매는 여전히 꼼짝도 못 하고 엄마만 불러 제낄 텐데 또 우짜고 있는지.'

안 봐도 뻔히 그려지는 그림이지만 새삼스레 '어짜고 사노?' 걱정이 밀려온다. 버스가 꼬부랑길을 돌 때마다 이리저리 쏠리며 비명을 질러 대는 사람들 틈에서 점점 또렷이 다가오는 우리 집 그림.

"야야, 에미야 오줌."

담뱃대 힘 빌려 겨우겨우 문 열어젖히고 내다보는 할매 얼굴.

"봐라, 선아아아, 어서! 급하다아아."

웃는 건지 우는 건지 남들은 도저히 알 수 없는 우리 할매.

손에 들었던 것 마당에 휙 팽개치고 마루로 뛰어 올라가는 엄마.

마당을 가로지른 기다란 빨랫줄에 꽉 찬 할매 홑바지 여남은 장.

마루 끝에 엎어 놓은 환자용 납작 요강.

깡깡깡, 적막한 집 안을 울리는 담뱃대와 놋재떨이.

조그만 개다리소반에 맑은국.

물에 씻어 실오라기처럼 찢어 놓은 멀건 김치 접시.

보슬보슬 뼈 없이 발라 놓은 생선 살 한 숟갈.

달갈찜.

"캑캑, 야아야 물."

밥숟가락 뜨다 말고 수건 들고 쫓아가는 엄마.

"야아야, 또 오줌."

또 밥숟가락 놓고 할매 끌어안아 요강에 앉히는 엄마.

"아이구우 그새 쌌다. 갈아입어야 되겠다."

빨랫줄에 또 하나 널리는 할매 바지.

버스가 아무리 흔들려도, 빽빽이 탄 통학생들이 아무리 비명을 질러도, 끝없이 되풀이되는 그 그림은 더욱 또렷이 살아난다.

잊고 있었다는 게 또 죄밑이 되어 버스에서 내리자마자 십리 길을 내달았다.

'엄마는 지금 밭에 있을란가?'

'할매 땜에 억지 춘향으로 집에 있으면서 콩밭 맬 걱정만 하고 있을란가?'

'아, 기적맨치로 할매가 쪼매이라도 나아서 변소간이라도 왔다 갔다 하고 있으면 얼매나 좋겠노!'

참 부질없는 기대지만 그런 기대를 하면서 숨 헉헉 몰아쉬며 달린다.

"엄마!"

"할매예!"

대문간에서부터 큰소리로 부르지만 집은 감감하다.

'엄마는 밭에 갔나?'

'할매는 잠이 들었나?'

흐트러진 요 이불만 할매 대신 자리를 지키고 있다. 마루 끝에 서서 휘이 둘러보아도 사람만 쏙 빠져나갔을 뿐 달라진 건 하나도 없다.

마당을 가로질러 매어 놓은 긴 빨랫줄에는 여전히 할매 홑바지만 열댓 장 넘게 널렸다. 할매가 나아서 변소간에라도 혼자서 살살 다녔으면 하는 기적은 일어나지 않았다는 거다.

'엄마는 밭에 갔다 치고, 할매는 어데로 가셨노? 혹시 더 아파 병원에라도?'

"야야, 왔나? 엄마는 재 넘어 밭에 갔다."

옆집 아지매 소리가 나지막한 담을 넘어온다.

"그럼 우리 할매는예?"

"할매도 밭에 갔지. 요새는 할매 모시고 밭에 댕긴다. 너거 엄마도 참 언간하다. 중풍 든 할마씨 모시고 밭 매는 사람은 너거 엄마밖에 없을 끼다."

교복을 벗어 던지고 밭으로 달렸다.

'할매가 우째 밭에 간단 말이고?'

빨랫줄 가득히 널린 할매 홑바지가 눈앞에서 자꾸 펄럭댄다.

'그리 마이 벗어 내는 할매가 밭에는 우째 갔노?'

모롱이를 돌아 멀리 밭이 보이는데 엄마도 할매도 보이지 않는다. 하긴 콩밭에 앉으면 보이진 않겠다.

"엄마아아."

"할매예에에."

숨을 몰아쉬면서 밭머리에 올라서니 밭이 내려다보이는 언덕배기에 할매가 보인다.

"할매예!"

할매는 언덕배기 소나무 아래 자리를 깔고 반쯤 눕다시피 나무에 기대 앉아서 마음대로 움직이지도 않는 손을 내젓는다. 여전히 말소리는 제대로 나오지도 않고 입만 크게 벌리고, 우는지 웃는지 모를 얼굴로.

'그래, 이건 반갑다는 말이지.'

애써 내 편할 대로 할매 마음을 읽는다.

"이까지 우째 왔어예?"

할매는 손을 콩밭으로 가리키면서 어여 와라 손을 내민다. 할매 손을 잡고 곁에 앉으니 할매가 운다. 웃는 건지 우는 건지 남들은 알 수 없다지만, 나는 안다. 아니 안다고 우기는 거지. 입을 크게 벌리고 하아하아 숨을 내쉬면 온 얼굴에 핏줄이 불거지고 목에까지 핏대가 선다.

'우는 거다.'

한 달이나 오지 않은 죄밑에 아무 말도 못 하고 할매 옆에 붙어 앉아 할매 손등만 하염없이 문지른다. 살점 하나 없이 앙상한 손. 거죽만 남아 손뼈 사이사이로 깊은 골이 생겼다.

"엄마는예?"

'밭모퉁이 너머 저쪽 비알로 가셨나?'

밭머리에다 할매를 모셔다 놓았으니 멀리 갈 리는 없겠지만, 두리번거리면서 보이지 않는 엄마를 찾는다.

"이 끈은 뭡니꺼?"

할매 손목에 묶인 광목 끈.

'설마.'

별안간, 머리를 휙 스쳐 가는! 끈을 따라 살살 내려간다. 짐작대로 끈은 콩밭으로 들어간다. 콩밭 고랑 사이로 길게 이어지는 광목 끈.

끈을 잡고 콩대를 양쪽으로 가르며 걷는데 비틀비틀 휘청휘청 다리가 후들거린다.

'엄마……'

흐릿해지는 눈을 비벼 닦다가 호미질하는 엄마 뒷모습을 보니 왈칵 눈물이 쏟아진다. 염치도 체면도 없이 눈물이 쏟아진다. 그런데 입에서는 전혀 생각도 못 한 말이 튀어나왔다.

"이거는 뭡니꺼? 이런 거는 말라꼬 매고 있노?"

나도 모르게 끈을 잡아채면서 튀어나온 말.

콩밭 매는 엄마 허리에 묶인 끈. 그 끈 끝에 앉은 할매. 언제 나아서 일어설 수나 있을지 기약도 할 수 없는. 누가 묶어 준 것도 아니고 엄마 스스로 묶었을 테지만, 그 끈을 보자마자 욱 울음이 치받아 올라 참을 수가 없다. 그리고 엄마는 정말 죽을 때까지 저 끈에 묶여 살아야 하나 싶은 억지스런 생각까지 밀려와 울음을 멈출 수가 없다. 끈을 풀어 휙 던져 보지만 한 발도 못 가고 콩대에 걸리고 만다.

엄마는 오히려 담담하다.

"집에서 저녁이나 좀 하지. 말라꼬 왔노?"

부르고 싶어도 소리도 제대로 못 내는 할매를 위해 엄마는 긴 광목 끈을 묶어 잡아당기게 했겠지. 담담하기만 한 엄마 말에 부루룩 끓어오르던 울화가 조금 사그라든다.

"이거 매 놔도 별 씰데도 없다. 할매가 기운이 없어서 내가
이짝 끝에 오면 땡기지도 못하신다."

"그면 말라꼬 이랍니꺼? 보기 싫구로."

"이래야 할매 마음이 편치. 밭머리에 혼자 앉아서 얼매나 심
심하고 선뜩하겠노?"

이럴 때 보면 엄마는 바보 천치가 아닌가 싶다. 어째 자기 생
각은 조금도 안 하는지.

"요까지만 하고 갈라 캤더마는. 고마 드가자."

"집에서 할매만 보고, 이거는 안 하면 안 됩니꺼?"

"니도 커 봐라. 밭을 놀리고 집에 있을 수나 있겠나?"

"그럼 일율에 아버지 노실 때 하든가. 우리를 부르든가."

"풀이 일율까지 기다려 주나? 농사짓는 넘이 밭에 풀이 꽉
덮이도록 집에 앉아 있을 수가 있는강."

"어데 집에서 가마이 노는 사람입니꺼? 엄마 혼자 우째 두
가지 일을 다 합니꺼?"

언덕 비얄에 비켜 놓았던 리어카를 끌어올리고 할매를 업어
다 리어카에 태우고, 이불을 둘둘 말아 할매 등에 받치고. 엄

마는 혼자서 아주 재빠르게 움직인다. 벌써 이골이 났다.

뒤에서 리어카를 밀며 따라가면서도 자꾸 눈물이 난다. 엄마가 이렇게 사는 동안 나는 한 달 동안 뭘 했노? 공부? 미친! 헌책방에 들락거리면서 소설책 빌려 보고 〈학원〉이다 〈여고시대〉다 쓰잘머리 없는 잡지나 빌려다 보면서 헛바람이나 들었던 거다. 새벽까지 〈별이 빛나는 밤에〉를 들으면서 엽서를 쓰고 시 나부랭이나 외우고. 그러면서 퍽이나 행복해했지. 모차르트니 베토벤이니 스크랩하면서 혼자 우쭐대기도 하고, 도대체 뭘 하느라 밤 꼴딱 새우고는 시험 망쳐서 담임 선생님한테 불려가 걱정 듣고. 고작 그런 짓거리 하라고 엄마는 혼자서 움직이지도 못하는 할매 밭머리에 뉘어 놓고 밭 매고 있을까.

학교 문 앞에라도 가 봤으면 하늘에 것도 내려 먹겠다던 엄마는, 학교 선생 하는 남편과 그 동료 선생들이 함께 어울리는 자리에서는 언제나 주눅이 들었다고 했다. 많이 배운 사람들은 뭐가 달라도 다를 거라고, 그 앞에선 늘 고개 숙여 한옆으로 비켜났더라고. 그리고 젊거나 늙었거나 남자든 여자든 구별 없이 한자리에 와자하게 어울려 회식하던 그 모습이 참 보기 좋더라고. 한숨 섞인 옛이야기를 하고 나면 내게 꼭 그랬다.

"니는 공부할 만치 하고, 남자들하고 똑같이 일하고 똑같이 대접받고 살아라."

"똑같이 회식도 하고. 술도 쫌 무도 된다. 입에 들어가는 음식인데 남자는 묵어도 되고 여자는 와 안 될 끼고."

그런 엄마를 나는 잊어 먹을라고 기를 썼다. 아니 잊히지도 않는 걸 애써 잊은 척 도망가 살았다.

"야야, 오줌 눌란다. 요강 좀."

"야야, 내 앞에서 공부해라."

"야야, 어데 갔노? 이야기 좀 해 봐라."

"야야, 바지 좀 갈아입히라. 또 젖었다."

수십 번씩 불러 대는 그 말이 안 들리는 게 너무 좋아서. 토요일 일요일 혼자서 딩굴딩굴하던 그 시간이 꿀맛 같아서.

엄마가 끄는 이 리어카, 웃는지 우는지 남들이 알지도 못하게 웃는 우리 할매, 빨랫줄 가득 널린 할매 홑바지, 납작 요강. 집을 떠나 있으면서 애써 잊으려고 했던 이것들. 생각만 해도 가슴을 내리누르던 이것들. 이제 거기다 하나 더 보태서, 엄마 허리에 묶었던 저 광목 끈까지. 나는 이것들을 잊고 살 수 있을까? 구부정하게 허리 숙여 리어카를 미는데 숨이 차는 건지

가슴이 켕기는 건지 알 수 없이 숨만 자꾸 가빠 온다.

"엄마, 인자 토요일이라도 주말마다 올 께예."

나도 모르게 지키지도 못할 헛다짐이 입 밖으로 나왔다.

"안 와도 된다. 이가 없으면 잇몸으로 산다꼬, 이래하면 된다."

"그래도 엄마 혼자 너무 욕보는데예. 토요일에 일찍 오면, 그때 밭일도 좀 하고예. 할매 모시고 이래 나오지 마이소."

"그래도 요새는 막내이가 할매 수발도 잘하고, 밤에는 너거 아버지가 할매 모시고 주무신다. 밤에 잠이라도 잘 자이 수월타."

밤잠이라도 내리 자 봤으면 하던 소원은 이룬 셈이다.

"마산에 있어도 자꾸 걱정이 되이 그냥 오는 기 낫겠습니더. 토요일에는 꼭 오께예."

마음에도 없는 소리를 또 뱉는다.

"씰데없이! 집에서 나가면 집에 일은 잊어묵고 니 공부나 해라."

"엄마 혼자서 너무 힘들어서 우얍니껴?"

"할 수 없이 할매 오에 비니루 한 꺼풀 입힜다. 욕창 생긴다꼬 절대로 안 할라 캤더마는 하는 수 없더라. 요 속통을 날마다 빨 수도 없고, 잘 마르지도 않고 할 수 없이 홑청 안에다가 비니루를 입혔다. 부스럭거리 쌓고, 할매한테 미안하기는 한데 영 수월하기는 하네. 속통을 안 빨면 일도 아이다. 그라이 일도 없다, 괜안타."

'일도 없다니, 하루에 열댓 장썩 벗어 내는 오줌 바지는? 하루도 거르지 않고 홑청 벗겨 빨아 요 이불 꾸미는 일은? 그것만 하나. 오 분을 못 넘기고 불러 대는 그 잔손거리는?'

입 밖으로 차마 내지 못하고 꺽 삼키고 만다. 그걸 뻔히 알면서 한 달이나 집을 등지고 살던 년은 누구더냐.

이불 한 채

"엄마 엄마, 저기 노을 좀 보라니깐."

등 뒤에 하늘은 붉은 듯 푸른 듯 노을이 얼마나 고운데. 엄마는 아무리 불러도 눈길 한 번 주지 않고 미영만 딴다.

"엄마아 아으아아아."

허리 좀 펴고 한 번만 돌아보면 되겠구만.

"노을이 홍시 색깔만 있는 게 아니고오, 보라색이 있는데, 그 옆으로는 회색이 있고. 얼마나 예쁜데."

"아이구우우우 호들갑은. 해 넘어가는 거 처음 보나?"

꿈쩍도 않던 엄마가 겨우 허리를 펴.

"아, 좀 쉬면서 하지예. 엄마는 지겹지도 않아예?"

"지겹다고 안 따면 뭐, 누가 대신 따 주나? 언제 해도 우리가 할 꺼 빨랑빨랑 해야지."

고작 대꾸한다는 게 통바리만 주고 또 허리를 굽힌다. 아, 이 미영 따는 거는 언제 끝난단 말이냐?

"그니깐. 어차피 우리가 다 할 건데. 천천히 하면 안 되예? 내일도 따고, 모레도 또 따면 되지."

들리는지 안 들리는지, 또 아무 말도 없다.

"아아아, 오늘은 인자 고만하지예? 내일 또 하면 되지."

"저어 저 봐라, 니 뒤에는 안죽도 보오얗다아아."

"아, 정말로! 아까 올 때 분명히 다 따고 왔는데, 언제 또 저리 폈노?"

미영은 참 넌더리 나게 피고 또 피지. 점심 먹고 와서 한나절 내내 땄는데 돌아서면 저만치 또 보풀보풀.

"꽃 중에 꽃, 복 꽃이지. 따고 따도 피고 또 피니 얼매나 고맙 노?"

그래도 나는 또 피고 또 피는 미영이 곱지만은 않다.

"문익점은 만다꼬 목화는 갖고 왔노?"

활짝 핀 목화꽃, 미영을 따고 또 따면서 애먼 문익점만 괜히 타박이다.

가을볕 아래 톡톡 불거져 하얀 솜꽃을 탐스럽게 물고 있는 미영밭. 처음 딸 때는 얼마나 재미난지. 포근포근 솜꽃이 새하얗게 핀 미영밭에 들어서면 숨이 멎을 만큼 눈이 부시다. 처음 보는 그림도 아니건만 미영밭머리에 설 때마다 가슴이 발랑거리지. 솜꽃 두어 송이 따서 얼굴에 가져다 대 보라고. 홀보드르르한 솜털이 간질간질 따뜻한 것이 하얀 아기 토끼를 안았을 때보다 더 보들보들 폭딱하다고.

그렇지만 사래 긴 밭에 한 두어 번만 왔다 갔다 해 보라지. 다 돼 가나 싶으면 지나온 자리 여기저기 톡톡 벌어져 있는 미영! 따뜻한 가을 햇살과 선들선들한 바람결에 어찌나 톡톡톡 잘 벙글어 터지는지. 그만하고 어서 동무들한테로 달려가고 싶은데 도무지 놓아줄 생각을 않고 자꾸만 벙글어 부르는 걸.

"심심하면 다래나 몇 개 까 먹든동."

지겨워서 몸을 비틀어 대니 엄마는 미영 소쿠리에서 다래를 몇 개 골라 준다. 너무 늦게 열려서 다 익지도 못한 미영 꼬투리. 처음 달렸을 때야 촉촉한 속살에서 달짝지근한 단물이 배어 나오지, 뒤늦게 따 먹는 다래는 별 맛도 없는데.

"목이 왜애애애서 더 못 먹겠어예."

심심하고 출출하니 처음 두어 개는 참고 먹을 만하지. 몇 개만 먹으면 목 안이 매캐하게 아리는 게 맛도 없고 쉬 물린다.

"인자 단물도 안 나오고 퍽퍽하기만 하고. 소캐 씹는 맛밖에 안 나네."

괜한 다래한테 핀잔이다. 엄마 혼자 두고 달아날 수도 없고.

'아아, 고모랑 따는 기 더 좋은데.'

깐깐한 엄마보다야 집에 있는 고모가 일하기엔 백번 낫다. 나는 반도 안 찬 소쿠리를 들고 일어섰다. 그러고는 엄마 소쿠리에 든 것까지 모아 담고 둔덕에 넓게 펴 놓은 광목 자리에 털레털레 가져다 부었다.

"한 소쿠리 다 차면 가지, 왔다리 갔다리 하니라 시간 다 가겠네."

엄마가 타박을 하지만 그렇게라도 왔다리 갔다리 놀아야지 뭐. 볕 잘 드는 쪽으로 깔린 광목 자리에는 하얀 미영이 어느

새 수북하게 널렸다.

"에이구우 좀 누워 보자아아아."

광목 자리에 널따랗게 펴 놓다가 미영 위에 털썩! 네 활개를 펴고 드러눕는다. 목이며 얼굴을 살살살 간질이는 이 보드라운 솜털. 한 송이 한 송이 따 담을 때는 지겨워도, 이 기분은 최고지. 두 손 가득 미영을 끌어모아 얼굴을 파묻는다.

"아, 따가워."

보들보들 폭딱한 솜털 속에 숨어 있던 뾰족한 씨가 콕 콕 찌른다.

"치이, 니도 어서 일어나 일하러 가라 카는 거가?"

몽글몽글 하얀 솜털을 밀어내며 눈을 흘긴다.

"칫, 저거는 겉은 보들보들하면서 속에는 가시를 숨쿠고 있단 말이지. 진짜 엉큼하거든."

네 쪽으로 벙글어진 미영을 보면 얼마나 눈부신지. 그 어떤 꽃보다 탐스럽다. 그렇게 보드라운 솜꽃에 든 씨도 찔리면 제법 따갑단 말야.

"뭐든지 순하기만 한 거는 없다. 순한 사람도 뼈가 있다고, 순하다고 시피 보면 안 되는 기라."

'흐음, 순하아안 사람도 뼈가 있다고오오오, 보드라우우운 미영 안에 가시 겉은 씨가 있드으으읏이.'

처음 듣는 말도 아니지만 나는 흥얼흥얼 노래처럼 엄마 말을 되뇌며 미영을 딴다.

"오늘 말카이 따면 한 사나흘은 안 따도 될 끼다."

하도 몸을 비틀어 대니 엄마는 이제 살살 달랜다.

"그니깐. 어차피 우리가 할 건데 대강대강 하지……."

"해 좋을 때 따다 말려야지. 그라고 너무 늦추면 이파리가 말라서 티끌도 많이 붙고, 따기 상그랍지."

그러니 아무 말도 더 붙일 수가 없다.

"근데 새 이불을 해마다 만들 것도 아닌데 미영은 와 이래 자주 심어예?"

"헌 이불 털어서 새로 꾸밀 때도 넣고, 소캐를 오래 쓰면 숨이 죽어서 안 따뜻하지렬. 새 소캐를 반 치라도 넣어야 폭따그리하이 따시지. 언제 또 새 이불 꾸미야 될지도 모르고. 소캐가 집에 안 떨어지게 하니라고 그라지. 올해는 너거 고모 큰일도 치라야 되고."

"카시미롱 이불도 좋다 카더마는! 엄마는 지겹지도 않아예?"

"그것도 해꿉고 좋다 캐도 나이롱이나 그기나 몸에는 뭐 좋겠노. 몸에는 면이 젤 좋은 기라."

'치이, 엄마는 뭐든 자기 손으로 맨들어야 되는 병이 들었는 기라.'

입을 살짝 삐죽거리면서도 엄마 말이 영 틀린 것 같지는 않다. 목 내복 입다가 엑슬란 내복만 입으면 가려움증이 더 심해지는 걸 보면.

"옛날에는 옷 만들 때 실도 집에서 다 뽑았다 카더마는, 엄마도 실 뽑아서 천 짰어예?"

"그라믄. 그때야 다아 여자들 일이 그 일이었제. 집집이 베 짠다고 다들 욕 마이 보고 살았다. 이 미영 따다가 씨아 잣아서 실을 뽑았지."

엄마는 아예 미영 따던 손길을 멈추고 허벅지에다 살살 실 꼬는 시늉을 해 보인다.

"이 무르팍 우에 대 놓고 실을 살살 꼬는 거라. 얼매나 문질러 댔으면 그때 처자들이고 젊은 새댁들은 무르팍이 매끌매끌 반닥반닥, 맨날 그래 가 안 살았나. 세월이 좋아져서 실

안 꼬아도 되고 삼베야 모시야 베 안 짜도 되고. 베 장사 집에 가면 알록달록 고운 기 얼매나 많노. 여자들이 살판났지 럴."

엄마는 다시 허리를 구부리더니 또 벙어리가 된 양 미영만 딴다.

노을이 붉은가 싶더니 어느새 하늘이 어두워졌다. 엄마는 그때서야 미영을 펼쳐 놓은 광목 자리를 매동그려 머리에 이고 일어섰다. 엄마 머리에 미영 보따리가 앞산만 하다.

"고만 놓아도 되련마는……."

이듬 아지매가 보다 못해 또 한마디 했지만 엄마는 대꾸도 않고 솜뭉치를 얇게 펴서 한 켜 더 놓는다. 손바닥으로 납신납신 눌러 보고 고개를 갸웃거리고 한 뭉치 꺼내서 펴 놓기를 몇 번째인지.

"솜 너무 놓으면 안 무겁겠나?"

이듬 아지매는 도무지 못 말리겠다는 듯 허리를 젖혀 기지개를 켜며 뒤로 물러나 앉는다.

"숨 죽으면 얼마나 돼서."

엄마는 손바닥으로 부푼 솜을 고루고루 눌러 앉히면서 겨우 입을 뗐다.

"솜 놓는 깐이 있는데. 이만하면 마이 들어갔지. 세 채 꾸밀
꺼를 두 채에 다 놓은 것 겉구마는."

이듬 아지매는 솜을 많이 놓는다고 타박이지만 엄마는 반
마음에도 안 차는지 만져 보고 들춰 보고 또 눌러 보고.

"고초 당초보다 맵다 카는 시집살이, 밤에라도 폭딱한 이불
덮고 눕어야지. 시집 살다가 오매 생각은 얼마나 날 끼고. 요
이불이라도 뜨뜻하이 해 줘야지."

딸같이 키운 막내 시누이 시집보내는 마음이 오죽하겠나. 엄
마는 굵은 바늘에다 길고 길게 실을 꿰었다.

"이불에 매듭 많으면 살면서 맺힐 일 많이 생긴다 카더라."

엄마는 이불 다 꾸미도록 그렇게 팔을 높이높이 치켜 올리
며 한 땀 한 땀 실바늘을 뽑아 올렸다.

"고초당초 겉은 시집살이이이

에미가 끼미 준 요 이불 찾아서어어

고단한 몸 뉘이고오오

서러븐 맘 달래 보지이이이.

에미 만난 드으웃이 에미 품 만난 드으웃이

눈물이라도 닦아 보지이이이."

한동안 잠잠한 방 안에 한숨처럼 엄마의 노랫가락만 끊어질
듯 이어지고.

"엄마, 이불 저거도 외할매가 해 준 이불이라예?"

이불장 유리문으로 보이는 이불 한 채.

"그라마. 이십 년 넘도록……."

끝내 엄마 목소리가 떨리고 만다.

학교 문 앞에도 못 가 본 엄마가 선생 하는 아버지한테 시집
와 살면서 편하기만 했을까. 말도 많고 까탈스런 작은집 큰집
종조할매들, 한동네 모두 모여 살면서 그 시집은 오죽했을까.
십 년이 넘게 아프셨던 할아버지 병 수발은 맏며느리, 엄마 차
지였지. 하지만 아들이 없어 양자를 들여야 했던 집 맏딸인 엄
마는 외할머니가 중풍으로 쓰러져 누웠어도 마음 편히 집에
모시지도 못하고. 외할머니가 몇 달씩 큰딸 작은딸네 집을 오
갈 때 얼마나 가슴 아픈 눈물을 흘렸을까. 사위 눈치 사돈 눈
치에 사람들 입에는 얼마나 오르내렸으며. 그럴 때 엄마도 외
할머니가 해 준 이불에서 서러운 마음을 달랬을까?

"이 이불 폭딱하이 진짜 뜨시겠다 그죠?"

더 있다가는 눈물이 뚝 떨어질 것 같아 수다스레 말을 걸었다.

"그래, 뜨시겠제? 세상이 마이 달라졌다 캐도 시집은 시집이지. 저거 집에서는 아무 것도 아인 기 티가 되고 흉이 되는 기 시집이더라."

또 길게 실을 꿰며 엄마는 후욱 큰숨을 쉰다.

그래, 농사라고는 모르는 아버지 대신 집안일에 농사일까지 해내는 엄마를 보고도 소곁이 일만 한다고 했지. 이런저런 일에 말수 적고 입이 무거워 다른 아지매들처럼 재불재불 말 섞지 않는다고 진산 할매는 늘 도도한 참산 질부라 했지.

'아아, 우리 엄마……'

시집와서 지금껏 엄마가 살아온 길이 휘리릭 스쳐 지나가는 것 같아 절로 푸욱 한숨이 나온다.

"방구들 꺼지겠다. 쪼매난 기 그리 한숨을 쉬노."

타박을 하며 엄마는 다시 바늘을 꽂는다.

"야야 니 시집갈 때도 이래 좋은 이불 해 줄 끼다. 암, 저래 꼭닥시럽은 너거 엄마가 딸 시집가는데 어데 보통 마음으로 해 주겠나."

이듬 아지매가 웃으면서 다독이듯 말했지만 나는 마주 보고 웃지도 못하고 고개만 폭 숙였다.

"저는 시집 안 갈 건데예."

"시집 안 가기는. 니도 한 오륙 년만 있으면 중신 들어올 껀데."

"가야 할 때 되면 가겠지럴. 그래도 니는 공부할 만치 하고 천천히 가라."

엄마 목소리가 제법 굳게 들려 고개를 스윽 들었지. 이듬 아지매와 달리 엄마 얼굴엔 웃음기 하나 없다.

"여자도 공부하고 지 일도 하고. 그래 다 됐을 때 시집가도 된다."

시집간다는 말에 어쩐지 부끄럽기도 하지만 무어라 말도 못하게 가슴이 뭉클하기도 했다. 나는 더 아무 말도 못 하고 엄마 눈길을 피해 옆에 둔 솜뭉치를 들어 얼굴을 폭 파묻었다.

포슬포슬 보드라운 미영이 코끝을 살살 건드리는 것 같기도 하고, 뜨거운 두부 덩어리가 목줄기를 타고 내려가는 것 같기도 하고. 괜히 다 돼 가는 고운 공단 이불만 자꾸 쓰다듬었지.

이야기는 맛있다 01

자분자분, 밀양 어느 댁 양념딸 이야기

언젠가 새촙던 봄날

글 박선미

초판 1쇄 펴냄 2017년 12월 15일

편집 서혜영, 전광진
인쇄·제책 천일문화사
도서 주문·영업 대행 책의 미래 전화 02-332-0815 ㅣ 팩스 02-6091-0815

펴낸곳 상추쌈 출판사 ㅣ **펴낸이** 전광진
출판 등록 2009년 10월 8일 제 544-2009-2호
주소 경남 하동군 악양면 부계1길 8 우편 번호 52305
전화 055-882-2008 ㅣ **전자 우편** ssam@ssambook.net

이 책은 대구출판산업지원센터 2017년 지역 우수출판콘텐츠 제작 지원 사업 선정작입니다.

ISBN 978-89-967514-9-6 03810
CIP 2017032600